오늘부터 공구로운 생활

오늘부터 공구로운 생활

정
재
영

차례

1. 공구로운 일상

2. 공구로운 사용 설명서

프롤로그

하루아침에 직업이 바뀌다

2017년에는 설국열차 같은 열흘간의 긴 추석 연휴가 있었다. 연초부터 모두가 앞다투어 해외 항공편 티켓팅을 했는데 나도 무리에 슬쩍 껴 있었다. 동업자가 자신이 유학 중인 벨기에로 놀러오라고 귀에 딱지가 앉도록 떠들어댄 터였다.

과연 그가 그렇게 난리를 친 이유가 있었다. 브뤼셀의 맥주, 파리의 편집 숍, 베네치아의 비엔날레 등 유럽 여러 나라를 돌며 새로운 공기를 한껏 들이마셨다. 한국인 관광객을 좀처럼 볼 수 없는, 현지인에게 알려진 곳만 돌아다녔기에 재미가 꽉 찬 여행이었다. 어느덧 여행은 끝이 났고 으아! 내일 또 출근이다...... 망했다...... 혼잣말을 중얼거리며 아쉬운 발걸음으로 인천공항에 도착했을 때 누나에게서 연락이 왔다. 언제 도착하느냐는 일정 확인 전화인 줄 알고 반갑게 받았는데 누나의 목소리가 상당히 차분했었다. 아직도 때의 첫 마디가 잊히지 않는다.

"누나 얘기 잘 들어. 너 없는 동안 아빠가 쓰러지셨어."

시작은 그랬다. 내가 인천 공항으로 향하던 날, 가족은 경주로 여행을 떠났었다. 누나 말에 따르면 아버지가 고속도로에서부터 이상 증세를 보이셨다고 한다. 그러다가 걷지를 못하시더니 급기야 호텔 화장실에서 혼자 일어나지 못하셨고 보통 상황이 아님을 감지하신 어머니는 바로 응급차를 부르셨다고. 뇌혈관이 막혀 사지 마비로 번지며 의식을 잃어가는 응급 상황이었다고 한다. 나는 무거운 캐리어를 질질 끌고 곧장 대학병원으로 향했다. 휠체어를 탄 채 하얀 환자복을 입은 아버지가 힘없는 목소리로 여행 잘 다녀왔느냐고 묻는 순간 목울대가 뜨거워졌다. 아버지는 왼손과 왼발을 쓰지 못하셨다.

그날 이후 나의 직업은 바뀌었다. 나는 아버지의 직업이었던 공구상이 되었다.

여행은 재밌었어요, 그런데 퇴사합니다

다음 날 회사로 출근하니 동료들이 여행 잘 다녀왔냐, 유럽은 어떻더냐며 이것저것 물어왔다. 뭐라고도 대답할 수가 없었다. 녹

진했던 여행의 재미는 머릿속에서 싹 지워진 지 오래였고 '저, 아버지가 쓰러지셔서 퇴사합니다'라는 말을 혀 밑에 깔고 온 상황이었다. 그날 하루 1분 1초가 지옥 같았다. 게임 퀘스트처럼 만나는 모든 동료에게 퇴사 소식을 알려야 했다. (퀘스트 조건: 10명의 동료에게 나의 퇴사를 알려라, 성공 시 100Point 보상!)

게임처럼 즐겁진 않았다.

"재영 씨, 여행 잘 다녀왔어요?"

"네, 재밌었어요. 근데 저 퇴사해요."

"네? 갑자기 왜요?"

"아, 아버지가 몸이 편찮아지셔서......"

안 좋은 일을 알리기 싫은데, 말을 안 하면 갑작스러운 소식에 또 사내에서 괜한 추측성 얘기가 돌 수도 있을 것 같아 있는 그대로 다 털어놓았다. 다행히 동료들은 진심으로 나를 걱정하고 응원해줬다.

그렇게 정든 직장 생활의 흔적을 하나씩 툭툭 털어내야 했다.

최전선에서 최후방으로

지금 돌이켜보면 이전 직장과 공구상은 동전의 양면, 흑과 백처럼 닮은 점이 하나도 없다. 내 직업은 성수동에 있는 소셜 벤처

코워킹 스페이스 매니저였다. 노트북 한 대, 두툼한 사업 계획서를 놓고 자신의 사업을 만들어나가는 창업자들의 보금자리였다. 지금 들으면 모두가 알 만한 스타트업의 대표들이 여기서 혼자 사업을 구상하고 자리를 잡아나가기 시작했다고 한다. 그러다 보니 갖가지 소식들을 누구보다 빠르게 들을 수 있었다. 신문에 〈인물 특집〉 기사가 나면 '어, 어제 본 그분이네'라고 중얼거렸었다. 한때 창업 트렌드의 최전선에서 일하는 것에 자부심을 가지기도 했다.

성수동은 익히 알려져 있듯 힙스터의 성지다. 독특한 개성이 녹아 있는 카페, 식당, 편집 숍이 밀집되어 있고 인스타그램에 '성수'라고만 쳐도 예쁜 사진들이 넘쳐난다. 남들이 데이트할 때나, 어쩌다 시간 내어 가는 맛집을 나와 동료들은 매일 들락거렸다. 성수동에 새로 생긴 맛집을 갔다가 서울숲공원을 산책 겸 돌아다니는 게 일상이었다. 그랬던 내가 쇠 냄새 풀풀 나고 먹을 데라곤 한식 뷔페밖에 없는 공구 상가에 덜컥 입성한 것이다. 가끔 거래처 사장님이 담배를 뻑뻑 피워대며 물끄러미 바라보다가 "근데, 예전엔 무슨 일 했어요?" 물어볼 때가 있다. "창업 쪽에 있었습니다" 대꾸하면 반짝 호기심을 보이긴 하더라.

그럼에도 우리의 생활은 건강하고 쓸모 있다

어느 학원 강사의 '용접공' 발언이 한때 화제였다. 수학 가형 7등급은 결국 공부를 하지 않았다는 뜻이고, 이럴 거면 지이잉~ 용접 기술 배워 호주로 가라는 말에 많은 사람들이 분노했다. 그 라이브 방송의 채팅창은 뜨겁게 타올랐고, 다음 날 기사화되어 '직업의 귀천'이라는 주제로 많은 사람의 입에 오르내렸다.

> → 뭐래, 무식한 #$4＆%7*^*~ 우리나라 용접 기술력이 지금 이렇게까지 발전했다.
>
> → 아버지 용접 기술로 내가 이렇게 공부하고 있는데......
>
> → 용접은 암만 공부 잘해도 어려운 기술이거든요?!

많은 댓글이 달렸고, 현직 용접공들이 유튜브를 통해 불편함을 드러내면서 이 작은 한마디는 나비효과를 일으켜 제법 묵직한 담론을 만들어냈다. 결국 강사는 자신의 발언에 사과하며 자숙 기간을 가졌다. 사건을 목격한 이들 역시 반성의 태도를 보였다. 우리도 무의식적으로 직업의 귀천을 두지 않았을까 하며.

나로서는 상당히 흥미로운 일이기도 했다. 그래서 여러 현장직 분들에게 어제 이러한 사건이 일어났다며 대강 알리며, 각자의 생각을 물어봤다. 기분이 나쁜지 어떤지. 그러나 예상 외로 무심한 반응이었다. "갸는 왜 그런다냐......" "사실인데 뭐~" 대체로 웃어넘기는 그들의 태도를 나는 이해할 수가 없었다. 이 발언에 왜 불편함을 드러내지 않는지, 아니 그걸 또 굳이 맞는 말이라고 할 건 뭔가. 동의에 가까운 반응을 보며 답답한 한편 궁금하기도 했다.

결국 (나와 사이가 매우 가깝고 그들보다 좀 더 솔직할 수 있는 인물로서) 현장직 출신인 아버지에게 여쭤봤다. 그리고 돌아온 대답을 통해 그들의 반응이 완전히 이해되었다. 강사의 발언에 대한 마음속 불편함도 사라졌다.

"자기 기술에 자부심 있으니까 그런 거지."

그랬다. 그들은 남들의 시선을 크게 신경 쓰지 않았던 것이다. 이미 자기 기술로 많은 돈을 벌고 있고, 정년이 넘어서까지 일하고 있는데 어느 강사의 말쯤이야 대수롭지 않았던 것이다. 가수 '비'가 모종의 조롱마저 느껴지는 '깡 신드롬'을 대수롭지 않게 넘겼던 것 또한 이것과 같은 맥락이지 않았을까?

나는 이 대목에서 내가 몸담은 업계의 어른들에게 이루 말할 수 없는 존경심을 느꼈다. 그리고 나라도 나서서 이들의 자부심을 어떻게든 알려야겠다고 다짐했다. 그리고 이 책을 쓰게 된 이유나 다름없다. 아저씨들, 왜 이렇게 티를 안 내? 이렇게 멋진 마인드로 일하면서. 자랑도 좀 하고 다니세요들 하는 심정으로.

이 책을 통해 공구상, 기술자에 대한 사회적 인식이 드라마틱하게 바뀐다는 기대는 하지 않는다. 이들이 일상의 후방에서 대단히 훌륭한 일을 하고 있다는 걸 외치고 싶은 것 또한 아니다. '공구상과 기술자도 그냥 존중받아야 할 하나의 직업'이라는 걸 알려주고 싶다. 단지 펜이나 컴퓨터 대신 드라이버를 가까이하고, 현장이 곧 종일 업무를 보는 사무실과 다름없으며, 드립커피 대신 믹스커피를 좀 더 자주 들이켤 뿐이라는 걸 알려주고 싶다. 직업적 위상이란 게 있다면—그런 것은 존재하지 않는다고 부정하지 마시라—편하게 드러내놓고 얘기하는 김에 세상과 얼굴을 맞대고 서로의 입장을 조율해볼 수도 있겠다고 생각했달까.

공구상은 B2B 거래로 따지자면 공구를 쓰는 기업의 기술자와 공구 비용을 결제하는 총무팀 사이의 연결 고리가 된다. 기술자들이 효율적으로 쓰는 공구를 총무팀이 원하는 단가에 맞춰주는 조율자. 이 책이 태어난 배경에 공구상의 역할이 오버랩된다. 공구상은 기술적 지식을 소비자에게 전해주며 기술자와 소비자를 잇는 가교 역할을 한다. 독자 여러분도 책 속에서 언급되는 여러 에피소드를 통해 기술자의 삶과 생활에서 공감할 지점을 발견하면 좋겠다. '모름'에서 비롯된 딱딱한 사회적 인식이 그렇게 조금이나마 부드러워졌으면 좋겠다.

\\\

-1-
공구로운
일상

공구 상가에 들어서다

공구 상가는 공장단지의 심장과 같다. 공장의 기계들이 돌아가면 마모되는 부품을 교체하고, 수리하며 기계를 관리하게 되는데 이 분야를 MRO^Maintenance, Repair and Operations라고 부른다.

이 MRO에 필요한 제품(전동공구, 수공구, 테이프, 장갑 등)은 공장 단지에 적재적소적시에 들어가야 하기 때문에 근처에서 항상 출하가 가능한 대기 상태일 수밖에 없게 된다. 이러한 연유로 공구 상가가 태어났다. 공구 상가의 제품들은 트럭에 실려 매일매일 공장단지 구석구석에 공급된다. 신체에 혈액을 공급하는 심장 역할을 한다고 보면 된다. 이렇게 비유하면 쉬울까? 고등학교 시절, 이과에서 문과로 전향한 전력이 있는 내 얕은 문과적 감각을 잠깐 빌려보겠다.

심장: 공구 상가

신체: 공장

혈액: 공구상

공구 상가는 서울 청계천이 유명하다. 광화문 광장부터 해서 동대문 평화시장까지 뻗은 청계천을 따라 걸으면 길옆에 다닥다닥 붙어 선 공구 가게가 나온다. 청계천은 MRO 제품의 '오버마인드(초월체)'로 모든 MRO 제품이 청계천에서 모여 전국 공구 상가로 보급되는 경우가 많다. 찾는 물건이 청계천에 없다면 사실상 우리나라에 없다고 보면 된다. 그 밖에 인천 남동, 안산 반월공단, 시흥 시화, 안양 등이 있다. 일반인들은 잘 알지 못하는데 서울, 수도권을 제외한 지역에서는 대구가 공구의 메카라고 한다. 거상들은 다 대구에 있다.

공구 상가의 모양은 이렇게 이해하면 쉽다. 오픈마켓에 입점 판매자들을 모두 모아서 사무실을 하나씩 주고 그 사무실을 동, 호수로 나눠서 아파트처럼 만들면 그게 공구 상가다. 공구 상가는 적게는 20동, 많게는 100동까지 형성되어 빠진 곳 없이 샅샅이 다니려면 하루가 족히 걸린다. 그래서 공구상은 스쿠터나 자전거를 애용한다. 가끔 어떤 친구들은 전동 퀵보드나 세그웨이를 타고 다닌다. 내 나이 서른셋, 쌩쌩하기는 매한가지지만 건강을 생각해서 주로 걷는 편이다.

공구 상가의 동과 동 사이는 1톤 트럭 두 대가 나란히, 겨우 들어가는 좁은 도로이다. 게다가 대부분 가게 앞에 차를 세워두기 때문에 1차선 일방향이다. 그래서인지 외나무다리에서 원수 만난 것처럼 트럭과 트럭이 대치할 때가 있다. 안 비켜주고 버틸 수도 있건만 기싸움으로 번질 때는 거의 없고, 서로 비켜주려고 하는 훈훈한 광경이 연출될 때가 많다. 어차피 매일 보던 사람 중 한 명이니까. 이런 악조건에서 운전을 하다 보면 실력이 쭉쭉 오른다. 공구 상가에서 커브 돌기, 1차선 틈새 빠져나가기 등을 한 달 이상 해보면 누구라도 〈분노의 질주〉 도미닉 토레토가 되어 있을 것이다. 강남역 정도는 맨손으로 입에 하품을 달고 달린다.

공구 상가 사장님들은 참 부지런하시다. 공구상 사장님들의 카톡 친목방에서는 오전 5~6시만 되어도 좋은 아침입니다, 하며 주고받는 인사 톡이 몇십 개는 쌓여 있다. 남들이 아직 잠자리에서 눈을 비빌 때, 그들은 일찌감치 밖으로 나간다. 재고 한 번 점검하고 건설 현장으로 나서는 기술자의 공구를 챙겨주기 위해서이다. 아버지는 일을 하실 때 새벽 네다섯 시에 출근하셨다고 한다. 나는 아침에는 평범한 시간에 일어나고 밤늦도록 일하는 편이었는데 이 일 덕분에 아침형과 저녁형이 뒤섞인 하이브리드 인간이 되어버렸다. 아이고, 고맙습니다…….

1톤 트럭 찬양론

퇴사를 알린 다음 날, 허둥지둥 처음 일을 시작했던 기억이 또렷하다. 대충 차 키부터 챙겨 지하주차장 2층에 내려가니 낡은 1톤 트럭이 보였다. 2007년식 현대 리베로, 스타렉스의 주둥이를 닮은 뭔가 이질적인 느낌의 트럭이었다. (현재 단종이다.) 차 키를 꽂고 돌리는 순간 연륜이 묻어나는 경유 엔진 시동 소리가 들렸다. 그리고 뜨는 '430,000km'. 아버지가 15년간 일하면서 타고 다니신 주행 거리가 계기판에 떴다. 지구 둘레가 4만 킬로미터 정도 된다고 하니까 지구를 열 바퀴 도신 셈이었다.

차량 내부는 몹시 더러웠다. 바쁘게 일하신 여러 흔적들이 내 눈에 띄었다. 시트와 사이드브레이크 사이에 떨어져 있는 빵 쪼가리, 에어컨 위에 수북이 쌓인 먼지, 아무도 앉은 적 없는 조수석에 널브러진 산업용품 카탈로그들...... 아버지의 땀방울이 자랑스러우면서도 동시에 고독이 겹쳐 보여 씁쓸했다. 이렇게 일하시면서 나를 지금까지 키우셨던 거구나. 내가 대학 생활의 낭만에 젖어 매일을 무념무상으로 보낼 때, 아버지는 현실과 부딪혀 하루하루 숨

가쁘게 살아오셨음을 그제야 깨달았다.

　43만 킬로미터짜리 트럭을 타고 다니는 건 목숨을 거는 일에 가까웠다. 자동차 공업사에 가니 수리 기사님은 트럭을 왜 바꾸지 않았느냐며 대뜸 날 혼냈다. 사람으로 치면 80세 노인한테 일을 시키는 거라나. 지금 생각해보니 나는 언제 터질지 모르는 시한폭탄 같은 트럭을 53만 킬로미터가 될 때까지 타고 다녔다. 서산의 어느 고속도로에서 갑자기 멈추기도 했고, 잠깐 편의점에 간 사이 보닛에서 연기가 무럭무럭 나기도 했다. 기아 봉고로 트럭을 바꾸고 첫 주행을 해보고 나서야 내가 얼마나 미친 짓을 하고 다녔는지를 깨달았다. 사람 목숨 귀한 줄도 모르고.

　1톤 트럭은 차체가 일반 승용차보다 길기 때문에 커브를 크게 돌아야 한다. 이것만 잘하면 우선 트럭 운전의 70퍼센트는 먹고 들어간다. 스틱은 요새 나오지 않기 때문에 상관없고 커브감만 잘 익히면 누구든지 운전할 수 있다. (다만 '라보'나 '다마스'는 스틱밖에 안 나온다.) 1톤 트럭도 요새 달릴 건 다 달렸다. '삑삑' 해서 문 열고, 블루투스로 연결 가능하고, 후진 센서는 물론 풀 옵션으로 하면 차선 이탈 방지 센서도 있다. 1톤 트럭도 세단, SUV 못지않게 세련됐다. 그냥 차체 후미에 짐칸이 있을 뿐.

　나에게 1천4백만 원이 있어서 차를 살 수 있다면 바로 1톤 트럭을 고를 것이다. 매력적인 장점이 아주 많다. 스스로가 고급차에 대한 욕망이 딱히 없다면 트럭을 구입하기를 추천한다. 많은 짐을 실을 수 있다는 것, 이것 하나만으로 내 운반 능력은 일반인 중 톱티어가 된다. 이케아에서 마음대로 물건을 고를 수도 있고, 원룸 이사도 혼자 다닐 수 있다. 또 소소하게 지인의 이사를 돕거나 물품 이동에 힘을 보태기도 한다. 예전에 디자인 브랜드에서 일했을 땐 혼자 트럭 끌고 전시회를 진행했던 적도 있다. 혹시 전쟁이라도 나서 피난을 가야 한다면? 남들은 짐을 다 버리고 갈 때 나는 바리바리 다 싸 들고 갈 수 있겠지. 조선 시대로 치면 튼실한 소달구지가 하나 있는 셈이다. 게다가 가격도 합리적이니 어떻게 안 살 수 있겠어?

말하기 제법 망설여지는 장점이 하나 더 있긴 한데...... 정차가 편하다. 트럭은 업무상 정차하는 경우가 많은데 이 점을 활용하여 화장실이 급할 때 정차하면 뭔가 죄책감이 덜하다. 그러나 절대! 아무나 막 하라고 권장하는 것은 절대 아니다. 오해 마시라. 일반적으로 '사람들이 트럭을 바라보는 시각'이 때로 도움이 된다는 소리다.

뭐 어쨌든 가장 실용적인 차임에는 틀림없다. 한 번도 트럭을 안 가져본 사람은 있어도, 한 번만 트럭을 가져본 사람은 없다고 했다. 나는 지금도 자랑스럽게 트럭을 몰고 다닌다. 번쩍거리는 외제차를 한 대 살 바엔 트럭 열 대를 사는 게 좋다고 말할 정도다. 지금 당장 차를 구해야 한다면 1톤 트럭을 구입하길 적극 권장한다. 당장, 트럭의 세계로 오라!

투박하지만 강한 1톤 트럭의 위용.

기술자들의 묘약, 믹스커피

20대 중반의 나는 꽤 규모 있는 기업에서 인턴 생활을 했었다. 조직의 막내 가운데에서도 초(超)막내였기 때문에 선배들 뒤를 쫄래쫄래 쫓아다녔는데 업무 중에 가장 많이 들른 곳이 카페였다. 출근전에 잠깐, 일하다가 잠깐, 퇴근 후에 또 잠깐 선배들과 아이스 아메리카노를 마시면서 알다가도 모를 '라떼 시절' 얘기를 몽롱한 정신에 흘려들었다. 하루에 다섯 잔 이상의 커피를 마셔 머리가 핑핑 돌 때도 있었다. 명료한 맛과 투박한 색을 지닌 이토록 단순한 음료. 도대체 커피는 직장인들에게 어떤 의미일까?

　업무 머리를 각성시키고 동료들 간의 스몰토크를 이끌어내고, 잠시나마 휴식의 빌미를 제공하는, 일하는 자에게 있어 도저히 의미가 없을 수 없는 음료다. 요즘은 코로나19로 술자리까지 없어지면서 회식이나 미팅 장소가 카페로 많이 바뀌는 추세라고 한다. 나도 거래처와 많이 만날 때는 하루에 커피를 세 잔 이상 마시기도 한다. 그러나 기본적으로 샷에 물을 섞은 아메리카노, 우유를 탄 라테를 많이 마시지 않나? (저는 곧 죽어도 '얼죽아'입니다만.......)

　현장의 기술자들 역시 커피를 많이 마신다. 다만, 믹스커피를 즐긴다는 점이 다르고 커피를 찾는 속내가 살짝 다를 뿐. 이 양반들의 믹스커피 사랑은 대단하다. 작은 종이컵에 믹스커피 한 봉 털어 넣고 물통 달린 정수기에서 퐁퐁 받은 뜨거운 물을 2/3 정도 컵에 담아 믹스커피 스틱을 푹 담궈 휘휘 저어 마시는 모습이 눈에 선하다. 거기에 연초는 덤. 별 수 없이 지독한 입냄새를 동반한다. 이들에게 커피와 설탕과 프림은 뗄려야 뗄 수 없는 존재다. 1/2 슈거, 카누 블랙 이런 것은 좀처럼 허용치 않는다. 무조건 전통, 아니 '정통' 믹스커피여야만 한다. 황하강을 연상케하는 황토빛 액체가 컵 가장자리를 따라 출렁여야 한다. 오죽하면 '믹스커피 몇 잔 마셔봤니?'라는 질문이 '너 현장에서 얼마나 굴러봤니?'라는 뜻일까.

공구상에게도 믹스커피 타임은 고객을 한 자리에 머무르게 하는 아주 중요한 서비스 중 하나이다. 창고에 재고를 가지러 가거나 주문을 기다릴 때, 그 막간에 믹스커피를 하나 먹어줘야 한다. 단, 제 손으로 직접 타서. 티스푼도 없어서 종이 스틱을 휘휘 저으며 한마디 던져본다. "요새 생산이나 매출은 어떠세요?" 믹스커피의 한 모금과 함께 시작하는 넋두리 타임이 시작된다.

가게 한편에 놓인 정수기통과 여지없이 그 근처에 위치한 210개입 커피 믹스 박스. 이 조합은 구매자가 가게에 머무르는 시간을 늘려주고, 공구상에게는 숨 돌릴 틈을 마련해주는 타임 스톱의 기능을 가진다. 믹스커피 한 봉지와 함께라면 물건을 기다리는 시간이 결코 지루하지 않다.

하고많은 음료 중에 믹스커피를 왜 마시는 걸까? 식사 후 입가심이면서 카페인과 당을 동시에 섭취할 수 있기 때문이다. 게임으로 말하면 체력과 마나가 둘 다 차는, 빨간색도 파란색도 아닌 초록색 포션(물약). 현장 일은 몸을 쓰기 때문에 체력적, 정신적 한계가 금방 오기 마련이다. 그걸 나타내는 신체 증상이 목이 마르고 당이 당기는 것이다. 시계를 보면 아직 점심시간은 멀었고, 카페를 가려면 한길에 나가야 한다. 그래도 그냥 카페에 들를까 싶다가도 의자에 잠시 엉덩이를 붙이고 앉기가 미안하게 작업 복장은 이미 너무 지저분하고 허름한 상태다. 이럴 때 믹스커피를 마신다. 게다가 염분이 많은 한식 뷔페에서 점심을 먹고 난 후 무섭게 들이닥치는 식곤증을 방지해주기도 한다.

합법적인 포션. 작업 도중에 목마르다고 카페에 가거나, 편의점에 간다면 동료들이나 상사들한테 눈치가 보인다. 그러나 믹스커피가 휴게실에 놓여 있다면? 나가서 커피 사 먹지 말고 이 믹스커피나 먹으라는 얘기이다. 이건 마음껏 마셔도 된다는 소리.

어린 시절, 드라마를 볼 때면 흰색 셔츠를 입은 직장인들이 자판기에서 믹스커피를 뽑아 마시면서 이런저런 얘기를 하는 장면이 많이 나왔다. 지금은 딱히 눈에 띄지 않는다. 아메리카노나 라테를 마시는 사람이 거의 90퍼센트 정도 된다. 작업 현장, 공구 상가에서는 아직 이 믹스커피의 명맥이 유지되는 듯하여 반갑기도 하다. 거래처 중에 여전히 맥심과 종이컵을 열 박스씩 매달 주문하는 곳이 있는 걸 보면 이 문화가 없어지지는 않을 듯하다.

해외에서 극찬하는 한국의 발명품 중 하나가 스틱형 믹스커피라고 한다. 1976년 동서식품에서 커피 알갱이, 설탕, 크림을 한꺼번에 넣어서 먹는 편의성 때문에 만들었다는데 그 특정 시기를 고려해보면 이 믹스커피는 기술자, 공구상과 깊은 연관이 있을 수밖에 없다. 공장과 아파트가 장난감처럼 쌓아 올려지던 옛날, 가족을 먹여 살리기 위해 열심히 땀 흘리던 우리 부모님들에게 잠깐 숨 돌릴 틈을 만들어준 것이 이 믹스커피 한 잔 아니었을지. 그리고 기분 좋은 달달함과 더불어 적당한 각성으로 현장으로 되돌아가 움직이게 하는 동력의 원천이 아니었을지. 지금 나도 갑자기 믹스커피가 당긴다.

국산의 느낌적인 느낌

어느 국산 제조 기업을 방문하여 인터뷰를 할 때였다. 소비자에게 좀 더 신뢰감 있게 제품 정보를 전달하려 여기저기 돌아다니며 국산 브랜드를 찾고 관련 콘텐츠를 만들던 차였다. 망치를 기본으로 괭이, 스크래퍼 등 수공구를 손으로 직접 만드는 기업이었는데, 1965년에 시작하여 삼대째 망치를 만들고 있었다. 40대 초반으로 보이는 사장님이 나와 반갑게 맞아주시고, 여기저기 공간을 설명해주는 배려를 보이셨다. 그리고 땀에 흠뻑 젖은 추리닝에 백발의 노인이 순수한 웃음으로 인사를 하셨는데, 이분이 2대 사장님이었다. 3대 사장님은 경영을 맡고, 2대 사장님은 사장직에서 물러나 다른 기술자분들과 일하고 계셨던 것이었다. 원래 인터뷰는 준비해온 질문들을 하나씩 물어보면서 대답을 간단히 기록하는 게 보통인데 이 인터뷰는 단 한 번, 단 하나의 질문으로 모든 답을 들을 수 있었다.

"회사를 설립하게 된 특별한 계기가 있을까요?"

사장님은 자신이 회사를 만든 이야기를 쭉 풀어내기 시작하였다. 자기를 낮추면서 기업의 가치 그리고 매우 구체적이고 명확한 경영관을 말하는 데 감탄했다. 설립 계기, 힘들었던 점, 경영 철학, 제품의 강점...... 내가 던진 질문들에 대한 답이 술술 흘러나왔다. 나의 질문을 관통하는 하나의 단어가 있었으니 그게 바로 '국산'이었다. 사장님에겐 국산 브랜드가 어디에 내놓아도 뒤지지 않는 양질의 제품을 만들 수 있다는 자신감이 있었다. 그리고 '우리 제품이 현재 국산 브랜드의 가치를 드높이는 데 일조할 수 있다면 뭐든 하겠다'는 의지가 보였다. 인터뷰를 마친 후 차에서 곰곰이 생각해 봤다. 국산 브랜드를 잘되게 할 방법이 있을까?

산업용품, 공구로 이름난 국가는 모두 한목소리로 말한다. 우선 3대장이 미국, 일본, 독일. 그 뒤를 잇는 것은 대만, 스페인, 한국 등이다. OEM 생산은 주로 중국과 동남아시아에서 이루어진다. 3대장에서 또 고르고 뽑자면 단연 가장 인기가 많은 생산국은 일본이다. 한국과 비슷한 문화권을 지니고 있는 데다가 제품의 디테일과 품질에서는 다른 국가보다 월등히 뛰어나다. 그래서 어떤 기술자들은 제품 브랜드는 몰라도 일제면 어쨌든 쓰고 보는 무조건적인 편애를 보이기도 한다. 일제의 단점은 하나다. 품질이 좋은 만큼 가격이 비싸다는 것.

가장 인기가 없는 생산국은 당연히 중국이다. 기술자들 사이에서도 그렇다. 다른 소비재와 마찬가지로 품질이 좋지 않다. 펜치는 한 번만 써도 이가 나가고, 드릴 역시 모터가 금방 타버리기 일쑤다. 그래서 중국산은 대부분 저가로 재고를 빠르게 회전시키는 전략을 쓴다. 유명 브랜드의 OEM 공장은 다 중국에 있다는 것이 아이러니이다. 인기가 없는데 또 가장 많이 판매된다.

그럼 우리나라는 어떨까? 일본과 중국의 중간에 위치해 있다가 점점 일본 가까이 다가가는 중이다. 좋게 말하면 고품질에 합리적인 가격이나 나쁘게 말하면 이도 저도 아닐 수 있는데 개인적으로는 후자의 성격이 짙다고 생각한다. 미·일·독 3대장 브랜드의 OEM 생산량이 늘어나면서 중국산의 품질이 좋아지고 있는 데다가 대량생산으로 단가를 계속 내리는 중이다. 우리나라도 좋은 브랜드가 많다. 수공구는 '세신버팔로', 보안경은 '오토스OTOS', 전동공구는 '아임삭', '계양' 등 국위 선양하는 국산 브랜드들이 많다. 이들은 합리적인 가격과 함께 성능을 빠르게 업데이트시키며 해외 유명 브랜드가 해내지 못하는 신속한 AS도 탑재했다.

국산 브랜드가 3대장 못지않게 고품질을 보장하며 합리적인 가격을 취하게 하는 방법은 아무래도 소비자의 인식에 있다고 본다. 소비자가 국산 브랜드가 좋다고 믿어주며 적극적으로 구매해 주는 것이다. 공구상이 체감하기에 형편은 점점 좋아지고 있다. 그라인더는 이미 '계양'이 다른 해외 브랜드와 어깨를 나란히 하고 있고 '아임삭'은 전문 기술자의 피드백을 통한 빠른 개선으로 점점 일반인들의 눈에 띄고 있다. 나도 공구를 취급하는 사람이기 때문에 3대장을 인정할 수밖에 없는데, 가끔 물건을 살피던 중에 흠칫 놀라 "이거 국산이에요?" 되묻게 만들며 나의 편견을 깨뜨려주는 브랜드들이 몇 있다. 이런 일이 더 많아졌으면 좋겠다.

좋은 국산 브랜드가 있다는 건 자국민에게 큰 축복이다. 해외에서까지 인기를 얻으면 더 좋다. BTS의 팬 미팅이 서울에서 열리는 것이나 다름없다. 좋은 품질의 공구를 합리적인 가격에 편하게 접할 수 있기 때문이다. 그러니 공구상인 내가 더 잘해보아야겠다는 다짐을 또 하게 되는 것이다. 전국 제조업 사장님들~ 일단 저한테 오세요. 국산 브랜드 열심히 팔아보겠습니다!

끊는 힘과
작업환경을 고려해
제품을 선택할 수 있다.

공구가 산업용품이라고?

한때 정부지원사업을 따내려고 창업 센터의 문을 두드린 적이 있었다. 심사 위원들을 설득하는 데 진땀을 뺐던 기억이 있다.

"도대체 산업용품이 뭐예요?"
"산업용품이 공구인가요?"
"산업용품이란 단어가 너무 어려운데요?"

단어가 지닌 모호함 때문에 애를 먹었었다. 사업 발표를 하며 한정된 시간 내에 '산업용품'이 무엇인지를 알려줘야 했다. 급기야 한 심사 위원이 "공구 말하는 거죠? 그거 그냥 경비실에서 빌리면 안 되나요?"라고 물었다. 덕분에 나 스스로 내가 하는 일이 정확히 어떤 일인지 탐색할 시간을 가질 수 있었다.

창업 선배들의 조언을 들으면서 '산업용품'이라는 단어에 거듭 변화를 줬었다. 도대체 산업용품을 어떤 개념으로, 이미지로 치환해야 사람들이 좀 더 잘 이해하지? 고민에 고민을 거듭하며 노트에 수백 번은 끄적인 것 같다. 기억나는 후보가 여럿 있는데 개중에 이런 게 있었다.

〈이동 철물점〉
〈공구 플랫폼〉
〈MRO 큐레이션 커머스〉

그런데 하나같이 마음에 들지 않았다. 내가 하는 일들이 완벽하게 수렴되지 않는 찜찜함이 있었다.

◦ '공구'라고 통칭하기엔 테이프, 장갑 등 소모성 자재가 엄연히 존재한다.
◦ '철물'이라고 통칭하기엔 비닐, 테이프 등 비철물 자재가 제외된다.
◦ MRO가 의미상 가장 가깝긴 하나 'MRO'라고 뭉쳐버리기에는 전동공구, 수공구의 지분이 상당하다.

끝내 '공구로운 생활'이라고 이름 붙였지만 내 사업의 정체성은 '산업용품 큐레이션 커머스'이고 오늘의 나는 산업용품을 판다고 스스로 홍보하고 있다. 이유는 단순하다. 정말 산업용품이니까. 정말로 산업용품을 팔고 있으니까.

산업용품은 산업의 생산에 관여하는 모든 제품을 가리킨다. 어떤 사람들은 산업용품을 공구, 철물이라고 생각하고, 또 어떤 사람들은 기업 소모성 자재, 즉 MRO라고도 여기는데 모두 맞는 말이라고 생각한다. 다만 각각의 영역이 살짝 다르다. 공구, 철물, MRO는 제품 특성에 따라 카테고리를 나눴다면, 산업용품은 제품의 사용 목적에 따라 정의된 단어다. 즉 당신이 집어든 이 '특정' 제품, 지금 이것을 구매하려는 목적이 다른 무언가를 생산하거나 수익을 창출하려는 데 있다면 산업용품인 것이다.

산업용품의 범위는 점차 확장될 수밖에 없다. 산업은 점점 다양해지고 있기 때문이다. 1970년대 초반이었다면 산업용품은 공장을 가동하는 설비, 공구들에 그쳤겠지만 지금은 제조업 말고도 홈텍스에서 엑셀 파일을 받을 정도로 산업의 영역이 폭넓다. 펜, 서류 파일과 같은 사무용품도 모두 산업용품에 속한 지 오래되었으며 USB, 소프트웨어 등의 컴퓨터 부품도 많은 산업용품 공급업체의 카탈로그에 포함되어 있다.

내가 산업용품이라는 키워드를 굳이 붙들고 가는 이유는 '가능성'에 있다. 의미를 확장하고 모두가 알고 있는 단어로 접근하는 것도 좋지만, 이 단어를 대중에게 계속 설득해가며 브랜딩해나가는 과정이 재밌을 거라고 생각했다. 앞으로 산업용품이라는 다소 낯선 단어를 계속 떠벌려볼 것이다. 어색한 것도 처음이지 몇 년,

몇십 년이 지나면 또 다른 얘기가 될지도 모르니. 산업용품이 누구에게나 친숙한 세상이 왔으면 좋겠다.

일본의 어느
공구 상점 진열대.

안 되면 사람 부르세요

산업용품을 판다고 여기저기 알리니 몇몇 지인한테서 연락이 왔다. 잘 지내느냐는 안부와 함께 항상 덧붙이는 이야기, 공구나 철물에 관한 질문들이었다. 집에서 이런 작업을 하고 싶은데 도대체 어떤 걸 사야 할까 하는 작은 궁금증들이었다. 액자를 걸거나, 변기를 수리하거나, 세면대 파이프를 교체하는 등 상황이 제각각이니 그에 맞는 공구들을 알려주고 마지막엔 늘 이 말을 덧붙인다.

"적당히 하고, 하다가 안 되면 사람 불러, 제발."

좋아서 하는 취미가 아니라 난생처음 '수리'라는 걸 붙들고 끙끙대는 중이거나 급히 고장 문제를 해결해야 하는 이에게 나는 두말할 것 없이 사람을 부르라고 한다. "출장비만 해도 5~10만 원 들 텐데 고작 이런 일에 사람을 불러야 하니?" 때로 그런 핀잔을 받기도 하지만 어쩌겠습니까. 사람을 불러야 하는 분명한 이유가 있는데. 바로 '숙련도'다.

미용실을 가면 남성은 2~5만 원, 여성은 최대 10만 원이 웃도는 돈을 주고 머리를 자른다. 거기서 우리가 "머리카락 쥐고 듬성듬성 가위질하는 거 가지고 무슨 몇 만원씩이나 받아!" 하고 버럭 화를 내지는 않는다. 내가 문구용 가위로 머리를 자르는 것보다 전문가용 가위를 집어든 그들이 더 잘하기 때문이다. 여기서 잘한다는 의미는 정교하고 화려한 작품 수준의 무엇을 가리키는 것이 아니다. 얼마나 안정적으로 이 과업을 수행하는지가 핵심이다. 내가 콘센트를 섬세하게 조각하거나 그러지는 않으니까.

셀프 인테리어, 집수리 작업은 겉으로는 간단하지만 실수가 벌어지면 상당히 골치 아픈 문제를 야기한다. 제품이 훼손되거나 몸을 다치는 건 당연지사, 가장 짜증스러운 대목은 나중에 동일한 문제가 발생했을 때다. 내가 벽에 못을 박고 액자를 걸었는데 이후에 계속 못이 떨어진다면 때마다 번거롭게 끼워 넣거나 후속 작업을 또 찾아서 해야 한다. 이렇게 마무리가 깔끔하지 못하다면 사람을 부르는 것보다 더 많은 기회비용이 나온다.

작업할 때 필요한 도구를 이미 일이 터진 상황에서 급히 마련하는 것도 괴로운 일이다. 요즘 세상에 한달음에 달려가 망치 좀 빌려달라고 쾅쾅 문 두드릴 수 있는 이웃은 있는지? 간단한 작업이라 해도 한번 미궁으로 빠지면 각종 플라이어와 드라이버 등이 필요할 것이다. 도전 의지가 있어서 이리저리 만져보고 뜯어보고

하다간 시간만 잡아먹고 그나마 하던 작업마저 미완성으로 남게 된다. 끝내 전문가한테 '이것저것 뜯어봤는데 안돼요'라고 SOS를 친다면 돈도 시간도 딱 두 배. 내가 실수한 부분을 수습하는 것에만 우선 돈이 추가로 드니까.

요즘엔 간단한 집수리 서비스도 많다. 모바일 주택수리서비스 '집다(http://www.myzibda.com)'와 같이 롤스크린, 배선 작업, 조명 달기 같은 간단한 작업도 4~5만 원 정도면 전문가가 와서 도와주고 있다. 전문가가 안정적인 솜씨로, 질 좋은 공구를 들고 와서 깔끔하게 작업해준다.

나도 얼마 전에 CPU를 스스로 교체하다가 애먹었던 적이 있다. 유튜브를 보며 CPU 교체에 나섰다가 도무지 안 되겠기에 동네 수리점을 찾았고, 수리 기사도 결국 해결을 못 해서, CPU를 샀던 용산까지 본체를 들고 가 수리해왔다. 구경할 땐 그렇게 쉽고 간단하기 그지없는 '밥 아저씨'의 그림이 막상 스케치북을 앞에 두고 두 팔 걷어붙인 채 해보자면 여간 어려운 것이 아니다. 집수리 작업도 마찬가지이다. 그러니 대충 견적 보고 스스로 다 못 하겠거든 즉시 전문가를 불러보자. 당신의 안전과 (심적) 안정을 위해 간곡히 부탁드리는 바다.

사이즈를 알아보는 생존법

내게 지독한 건망증이 있다고 여길 때가 고객처와 만나러 가는 길에 줄자를 깜박했을 때이다. 까짓것 그냥 키마스터 작은 줄자 2미터짜리 하나 열쇠에 달고 다니면 되는데 가끔은 자동차 키마저 집에 두고 나오더라. (부끄러워서 얼굴을 들 수가 없는) 프로 정신에 어긋나는 행동이지만 이럴 때 항상 나는 일종의 생존법으로 대충 사이즈를 재는 방법을 나름대로 연구했었다.

급한 고객처는 사이즈나 스펙을 알려주지 않는다. 헐레벌떡 사진만 떡하니 찍어놓고 '이거랑, 저거랑'을 달라고 요구하는데 받은 사진을 이리저리 살펴볼 때마다 내가 셜록 홈스가 된 것만 같다. '이거랑'과 '저거랑'의 정체를 밝히려, 때마다 주위 사물들을 힐끔거리며 제품의 스펙을 기어이 알아낸다. 직접 물어볼 수도 있지만, 내가 직접 알아내고 싶다는 오기가 먼저 발동한다. 약간의 숫기 없음에서 비롯된 것 같기도 하지만.

평상시 누적된 사이즈에 대한 착각은 누구에게나 있다. 늘상 내 책상에 있는 30센티미터 자를 떠올리며 '어라, 대충 길이는 재볼 수 있을 것 같은데' 하다가 막상 내 손에 자가 없을 때에 물건을 재보면 30센티미터를 훌쩍 넘는다. 이 얘기를 하는 지금, 당장 내 앞에 놓인 화병만 하더라도 한 25센티미터 되지 않을까 했는데 자로 재보니 실측 사이즈가 19센티미터다. 이럴 때 주위 여러 사물들을 이용해서 사이즈를 때려 맞춰본다.

가장 많이 활용하는 사물은 A4 용지 또는 종이 서류이다. A4 용지는 210mm×297mm라서 오차를 조금 줄여 가로 20센티미터, 세로를 30센티미터로 활용할 수 있다. 여기서 반으로 접게 되면 10센티미터, 15센티미터, 또 반으로 접으면 5센티미터, 7.5센티미터로 쓸 수 있다. A4 용지도 그 자체로 남부럽지 않은 만능 자 역할을 한다. 다만, 너무 많이 접으면 마이너스 오차가 많이 생기니까 두세 번 정도 접어서 재본다.

그냥 발로 재기도 한다. 농담이 아니라, 실제 내 발이 275밀리미터인데 신발 외피까지 포함하여 280밀리미터 자 대용으로 써보는 것이다. 사이즈를 잘 모르는 제품들은 내 발과 함께 원근감 없이 찍으면 사이즈를 추정할 수 있다.

지갑의 카드나 명함을 써도 좋다. 가로 85밀리미터 세로 50밀리미터가 보통인데 이 두 가지로 작은 물건들의 사이즈를 가늠한다. 예전에 스크루, 못의 길이를 잴 때 급해서 신용카드를 썼더니 이게 긁는 것 말고도 다른 재주가 있더라. 나는 시간의 여유가 있을 때 신체 이곳저곳, 주변 사물들을 재본다. 집게손가락의 길이,

손바닥의 크기, 가지고 있는 펜의 길이 등. 길이를 정확하게 기억하고 이리저리 다른 물건과 덧대보면 뭔가 사물들이 한결 더 재미있어 보인다. 줄자로 정확히 눈금을 읽는 섬세함도 좋지만 대충 가늠해보고 추측하는 맛도 썩 괜찮다. 어떤 책에서 읽기론 지금 다니는 자동차의 바퀴 크기와 과거 로마의 마차 도로 폭이 깊은 연관을 갖는다고 한다. 결국 모든 공구, 산업용품 사이즈도 우리 신체와 아주 밀접한 관련이 있을 것이다. 어차피 생활상의 편리를 돕기 위해 인류가 만든 것들이니까.

코메론의 3.5미터
핸디 줄자.

고속도로 노동스

한 달에 다섯 번 이상은 지방 출장을 다녀온다. 출장이라니 거창해 보이는데 지방 납품 건이라고 하면 되겠다. 전주, 익산, 음성, 서산, 예산을 각각 한 번씩 다녀온다. 전주는 거리가 집인 안양에서 2백 킬로미터 정도 되고 기본적으로 가는 나머지 지역은 편도로만 평균 1백 킬로미터 정도 된다.

지방 납품은 놀랍게도 당일치기로 다녀온다. 이것저것 주문받은 제품들을 전날 트럭 위에 싣고 그물망과 천막으로 떨어지지 않게 꽁꽁 묶어놓는다. 그리고 다음 날 새벽 일찍 출발한다. 밤이 긴 겨울에는 철야하는 기분으로 출발해서 해 뜨는 모습을 보며 운전한다. 내가 전주로 납품하러 다녀온다고 하면 사람들이 그렇게 사람들이 물어본다. "그럼 제대로 된 비빔밥 한 그릇 먹고 오겠네!" 못 먹는다. 심지어 비빔밥 집을 본 적도 없다. 전주에 머무르는 시간은 30분 정도밖에 안 된다.

처음에는 너무 힘들었다. 장거리 운전이 지루하고 비효율적이라는 건 운전자라면 모두 공감하겠지. 쭉 뻗은 고속도로를 핸들만

슬쩍슬쩍 움직이면서 한 시간 이상 달리는 일은 정말이지 괴롭다. 노곤함을 이겨내기 위해 커피를 마셔도, 졸음방지껌을 씹어도 이 지루한 나를 어떻게든 졸리게 만든다. 게다가 차가 막히는 구간에 돌입하게 되면 그야말로 여긴...... 어디고 나는...... 누구인지. 국방부 시계가 돌아가듯이 시간이 영영 멈춰버리는 것만 같다. 그때부터는 내비게이션에 찍힌 100 이상의 숫자가 0으로 어서 줄어들기만을 간절히 바랄 뿐.

이 지루한 차 안에서 도대체 뭘 하면 좋을까? 처음에는 그냥 멍하니 가다가 팟캐스트를 듣기 시작했고 요새는 유튜브 프리미엄을 결제해서 영상을 따로 음성으로 듣고 있다. 주로 경제, 마케팅, 역사에 관하여 20분 이상의 긴 호흡을 가진 채널들을 선호한다. 아니면 내가 좋아하는 유튜버의 생방송 풀 채널을 듣는다. 엔진 소리와 내 잔잔한 기침만 나도는 차 안이 그나마 활기를 얻는 방법이다. 다른 사람들보다 유튜브, 생방송 매체에 관심이 많은 이유가 이 때문인 것 같기도?

휴게소를 들를 때면 기분이 묘해진다. 여행 목적으로 온 사람들은 하하 호호 웃으며 소떡소떡도 사 먹고, 통감자도 사 먹고 도란도란 이야기도 나누며 들떠 있는 반면 나는 정말로 피곤하고, 무언가를 먹어야만 하고, 하이패스 카드를 충전하기 위해 또 억지로 몸을 움직인다. 뭐랄까, 업무에만 맞춰진 행동을 하는 것이다. 나

역시 휴게소는 놀러갈 때나 들르던 곳이었는데 북적대는 사람들 틈에서 작업복 차림으로 땀 흘리고 있는 스스로를 보면 별안간 낯설고 외로운 기분마저 든다.

하지만 이제 이런 장거리 주행이 꼭 나쁘지만은 않다. 복잡한 세상을 벗어나는 기분이 들기도 한다. 신호등으로 옥죄인 대도시의 사거리, 툭하면 비보호로 스텝이 꼬이는 공단 사거리를 벗어나 그리 유명하지 않은 국도를 지나며 푸른 산을 바라보는 게 썩 좋다. 논밭에 들어서기 무섭게 코를 찌르는 퇴비 냄새도 이제는 반갑다. 지방 공장 거래처들은 대부분 산속에 위치하는 경우가 많아 마치 꾸불꾸불 산골길을 주행하는 소설 속 집배원이 된 듯한 느낌이 든다. 꽉 막힌 공간에서 얽힌 실타래처럼 구불구불 다니다가 쭉 뻗은 고속도로를 달리는 그 시원함이 가끔은 좋다. 봄에 고속도로 근처에 피어난 벚꽃은 또 얼마나 예쁜지.

가수 윤종신 씨의 〈고속도로 로맨스〉라는 노래가 있다. 창을 열어 소리치고 바다로 나가보자고 한다. 너와 함께 간다면 찌는 더위도 타는 태양도 괜찮다고 한다. 나의 '고속도로 노동스'에는 너와 바다만 없을 뿐이다. 지금 들어보니 지방 납품길 풍경이랑 굉장히 잘 어울린다. 앞으로 나의 노동요는 이 노래로 해야겠다.

입 거친 아저씨의 속사정

공장에는 아무래도 나이 지긋한 기술자들이 많다 보니 오가는 길에 별의별 말을 다 듣는다. 나이가 많다는 이유 하나로 내게 온갖 반말과 손짓과 조롱을 일삼는다. 가령 이런 경우가 대부분이다.

(손으로 까딱까딱 오라고 하기) 야! 이거 가져와봐!

뭔 일이야? 뭐 하러 왔어?

에헤이, 사업은 그렇게 하는 거 아니야~

처음에는 정말 불쾌했다. 처음 본 사람한테 다짜고짜 반말은 무엇이며, 상사와 부하 관계도 아닌데 명령하는 건 또 무엇이며, 사업은 생전 해보지도 않은 만년 직장인 아저씨가 왜 나한테 사업 훈계를 하는지 이해가 안 갔다. 언젠가 아버지한테 이런 이야기를 전했는데 아버지는 '허허…… 그럴 수도 있지~' 하고 넘어가셨다. 나 역시 그냥 나의 전 직장이 수평적인 구조를 지향하고 닉네임으로 서로를 부르는 조직이어서, 그런 분위기에 익숙했던 터라 민감하게 반응하는 거라고 생각해버렸다. 그렇게 이냥저냥 지내다보니 이런 사람들을 상대하는 노하우가 생기더라. (아재 톤으로 가다듬고) 그걸 좀 이 자리에서 알려줘 보고자 한다 이 말이야.

우선 전제를 두면 한국의 '아저씨'를 전부를 가리키는 건 아니다. 자기보다 나이가 어리거나 약하면 업신여기는 이들을 말하는 것이다. 이 노하우는 그런 어른들을 상대하는 방법이다. 그리고 이 노하우는! 주위 젊은 기술자, 공구상들한테 감수받았음을 미리 알려두는 바이다.

1단계, 일단 웃으며 대해본다. 웃는 얼굴에 침 뱉지 못한다고 웃으면 호의적인 반응이 오기 마련이다. 묻는 말에 웃음을 섞어 대답하면 따라 웃는 아저씨들이 대부분이다. 나도 이러면서 친해진 경우가 많았다. 처음부터 반말하고 명령 투고 그랬지만 알고 보니까 다 아들 같아서, 어린 사람들을 어떻게 대해야 할지 몰라서 그런 경우가 많았다. 나중에는 먹을 것도 챙겨주고, 일할 때 편의도 봐주고 그랬다.

2단계, 반존대를 해본다. 아니~ 아닌데~ 이러면서 혼잣말인 듯 아닌 듯한 반존대를 해본다. 너도 반말을 하니까 나도 반말을 섞어서 쓰겠다는 함무라비식이다. 만약 이 반존대에 아무런 반응을 하지 않는다면 이들은 '원래부터 반말, 반존대를 하는 사람이구나'라고 생각하면 된다. 이렇게 무례가 일상인 사람이 차라리 다행이다. 서로 반존대하며 관계를 쌓아가는 것도 수평적이고 나쁘지 않기 때문에. 대부분 2단계서 마무리된다. 나도 살짝 반존대를 해가며 하하호호 웃어넘기게 된다. 우려와 달리 의외로 나이를 안 따지는 유쾌한 분들이 많더라. 솔직담백해서 좋다.

3단계, 말 없이 노려본다. 어쩔 수 없는 최후의 단계다. 웃으며 대해봐도 호의적인 반응이 없고, 반존대를 했는데 오히려 버릇없다고 한 소리를 듣는다면 그냥 나와 인연이 없는 사람으로 간주하자. 노려보는 건 단순하고 명확한 경고의 메시지이다. '나는 나이와 상관없이 사람을 대하는 사람이다'라는 시그널을 슬쩍 보내는 것이다. 사실, 이 세 번째 단계는 상대방과 우호적인 관계를 맺을 생각이 없다는 손절식 대응이나 마찬가지다. 단, 앞으로 볼 일이 없거나 관계가 엮인 게 없다는 전제하에 해야 한다. 이런 경우는 나도 살면서 한두 번 정도 있었다.

사실 아저씨들 중에 정말로 사람을 무시하고, 업신여기기 위해 행동하는 이는 드물다. 대부분 세대 차이, 공장이라는 시끄럽고 거친 환경, 빠르게 돌아가는 현장 속도 등 환경적인 요소에 자연스럽게 물들어 그런 경우가 많았다. 나도 공구 상가에서 나이 드신 분들을 많이 만나봤는데 오래 만나보니 나쁜 의도로 나를 그렇게 대한 사람은 없었다. 다들 아버지 같고 삼촌 같았다. 표준화된 격식을 중요시하는 요즘 사회에서는 보기 어려운, 인심 가득한 모습에

철물과 씨름하는 사이
손은 기름때로
거칠어져 간다.

기분 좋은 순간마저 있다. 내가 제안한 이 세 가지 프로세스는 당신이 마주한 '그'가 입 거친 속사정을 품은 사람인지 아니면 그냥 타고나기를 개차반인 건지 검증해보는 그저 하나의 방법이라는 걸 명심하길 바란다. 거듭 당부하는 바이다.

비가 내리고, 내 눈물도 흐르고

내 트럭은 탑차가 아니다. (탑차는 흔히 배달차들이 쓰는 뒤에 박스 달린 차) 탑차로 하면 좋긴 하지만 가끔 빠레트(팰릿)나 쇠 파이프 자재들도 납품하기 때문에 뒤에 적재 공간을 열어놔야 한다. 트럭 뒤에 적재 프레임이 하나도 없는 것이 뭔가 시원하고 좋긴 하지만, 비가 올 때는 꽤 각오해야 한다.

어렸을 때 아버지는 항상 날씨를 보셨다. 아침 일찍 일어나셔서 뉴스, 신문을 통해 날씨부터 확인하셨다. 근래에는 인터넷으로. 당일 날씨뿐 아니라 그 주 오전, 오후로 나누어 확인하셨다. 처음에는 통 이해를 못 했지만 지금의 나는 꽤 지독한 날씨쟁이가 되어버렸다. 날씨에 따라서 납품 동선이, 나의 수고로움이, 나의 짜증이 달라지기 때문이다.

물론 위의 과정은 노동 현장을 몸소 겪어보고 조금이라도 고통을 줄이고자 나온 본능적 행동이다. 날씨도 확인하지 않고, 그냥 몸으로 때우던 시절의 나는 어땠는가. 비가 온다고? 에잇, 그냥 맞

아버리지 뭐! 하고 사방을 쏘다니며 들이받던 때였다. 지금 생각해보면 상당히 무모했다. 고객이 원하면 그 즉시 물건을 가져다줘야 한다는 이상한 강박관념이 있어서 그랬나? 뽀송뽀송하던 머리가 두 갈래 세 갈래 추접스럽게 갈라지고 앞머리에 물방울이 맺히면서까지 고객에게 제품을 배송했었다. 그러고 보니 나한테 남는 것이 없더라. 면장갑이나 종이 지관 같은 제품은 물에 젖어버리고, 고객처에서는 왜 이렇게 젖었냐고 항의가 들어오고 나는 비에 쫄딱 젖은 상태로 묵묵히 죄송하다고만 했다. 그러고 트럭에 올라타면 내가 패잔병이 된 듯 느껴졌다.

비는 트럭한테 거지 같은 상황을 선사한다. 비가 떨어지기 시작하면 갓길을 찾아 세워야 한다. 고이 접어놓은 방수포를 얼른 펼쳐 차체에 빳빳하게 묶어줘야 한다. 졸지에 방수포가 빗물받이가 되어 나만의 작은 수영장이 될 수 있기 때문이다. 그리고 빗물이 스며들지 않도록 안에 있던 제품들을 가급적이면 가운데로 모아놔야 한다. 이 두 가지가 참 사람을 귀찮고 괴롭게 만든다. 비가 부슬부슬 내리는 날, 고속도로를 지나다 종종 갓길에 세운 트럭들을 볼 수 있을 것이다. 다 이런 사람들이다.

가장 최악의 경험은 지관을 납품했을 때였다. 종이 지관 2미터짜리 1백 개를 빠레트째로 구입했는데 내 트럭에는 통째로 올리지 못했다. 그래서 비가 억수같이 쏟아지는 날에 한두 개씩 빠레트에서 빼내어 침팬지가 개미굴에 나뭇가지 쑤시듯이 트럭에 밀어넣어야만 했다. 장맛날 중 하루로 기억하고 있다. 게다가 빠레트 근처에 화물 택배 회사 개 한 마리가 오줌을 싸놔서 악취가 진동하고 자칫하면 지관마저 오염될 위기였다. 아! 그때 느꼈다. '비 올 때는 가급적이면 움직이지 말아야겠구나.......'

지금은 웬만하면 우천 시에 트럭을 운영하지 않는다. 작은 레이를 한 대 운영하여 작은 물건만 납품하곤 한다. 여기서 업무의 지혜를 배운다. 너무 열심히 할 필요 없다. 온 힘을 다 쥐어짜내서 당장 뭔가를 이룰 필요는 없다. 때로는 약하게 때로는 강하게 업무량을 조절하며 유연하게 힘을 쏟아부어야 한다. 일 잘하는 사람들이 놀 땐 놀고, 일할 땐 일한다는데 이게 바로 그 의미인가 싶다.

뭔가 다른 산업용품 거래

코로나19로 인해서 모든 산업 분야가 침체된 반면, 오히려 매출이 오르는 곳이 있다. 바로 온라인 커머스. 사회적 거리두기, 비대면 활동이 증가하며 사람들은 모든 물건은 온라인으로 구매한다. 각 플랫폼별로 간편 결제 서비스를 도입하고, 배송 속도는 0시간으로 수렴하고 있다. '다음 날 배송해요.' '다음 날 아침에 배송해요.' '당일 무조건 배송해요.' 심지어 '2시간 안에 배송해요'까지 등장했다. 온라인 커머스 시장은 배송 전쟁, 가격 치킨 게임에 돌입했다.

우리는 평소에 물건을 어떻게 살까? 물건을 고르고 결제하고 택배 받는 일련의 과정을 거친다. 반면 산업용품의 거래는 우리가 생각하는 것과는 좀 다른 부분이 있다. 내가 처음 공구상 생활을 시작했을 때 유통 흐름이 왜 이렇게 돌아가는지 혼자 이해하는 데 오랜 시간이 걸렸다. 이건 왜 이러지? 저건 왜 이러지? 하면서 유심히 살펴보다 나중에서야 각자의 상황을 알게 되니 이렇게 거래될 수밖에 없는 이유를 알게 되었다.

제조업의 생산 주기가 길다

간짜장 배달하듯이 주문하면 만들어서 갖다주고 돈 받는 간단한 구조가 아니다. 대부분 제조업 공장들은 대량 주문이 들어오면 생산을 일정 기간 하고 창고에 쌓아서 배송하고 기본 몇 달이 걸린다. 수주를 해서 돈을 받기까지가 꽤 오래 걸리기 때문에 공구상도 어느 정도 이 템포를 맞춰줘야 하는 경우가 많다. 어음거래가 많은 이유가 이 때문이다. 간단히 말하면 "돈 받으면 드릴게요"라고 해야 하나?

사용자와 결제자가 다르다

직장인들은 대충 느낌이 왔을 거다. 회사에 필요한 물품이 있다면 재무과에 먼저 얘기를 하고 구매를 한다. 산업용품도 마찬가지. 현장자가 사용하고자 하는 제품은 반드시 결제자 승인을 거쳐야 한다. 여기서 내가 '뇌절'을 해버리는 게, 현장자는 좋은 공구를 쓰고 싶은데, 결제 쪽에서는 가격이 싼 것만 찾는 경우가 많다. 이때 공구상의 역할이 아주 중요하다. 이 둘 사이를 알짱알짱 잘 조율하면서 가성비 좋은 공구를 공급해줘야 한다. 현장자한테는 이게 품질이 좋다고, 결제자한테는 이게 싸다고. '모두가 잘 먹고 잘 살았다'는 해피엔드를 만들어주는 사람이 공구상이다.

월말 정산이 디폴트다

예산이 정해지고, 계획적인 지출이 있는 제조업이라면 즉시 결제가 어렵다. 대부분 월말에 정산을 하고 익월에 결제가 진행된다. 그래서 공구상은 제품 매입을 뒷받침해줄 자본이 어느 정도 필요하다. 이 자본마저 없을 때는 공구상끼리도 외상으로 처리하기도 한다. (어차피 다 아는 사람들이니까.) 요새는 정산 주기가 빨라지고 있는데 경기가 좋지 않다는 뜻이기도 하다.

이런 거래 방법을 알기까지 3년 정도 걸렸다. 겉으로 드러나는 과정과 거래처 관계자들의 니즈를 파악하는 감까지 익히려 하니 시간이 더 걸렸던 것 같다. 확실히 깨달았다. 돈을 벌려면 생각보다 많은 요소를 고려해야 하고 이걸 잘 조합해야 하는구나. 재무제표에 나오는 것처럼 매출, 수익, 부채가 달마다 정확하게 찍히는 게 아니었다. 돈은 일, 월, 년과 무관하게 끊임없이 흐른다. 새삼스레 아버지가 대단하다 느껴졌다.

공구 상가의 자동차들

매일 공구 상가는 바쁘다. 갈갈거리는 경유 엔진 소리와 짐이 트럭에 던져지는 텅텅 소리들은 듣기 싫은 한편 다들 바쁘게 일하는 것같아 기분을 좋게 만들어준다. 처음 와보는 사람들은 항상 놀란다. 우리나라에 이렇게 1톤 트럭이 많아? 하고. 특히 아침 일찍 가면 1톤 트럭들이 주차장에 빼곡하게 들어앉아 기지개를 켜고 있다. 트럭 정모를 연상케한다.

일반 승용차와 트럭을 같이 운전하는 나로서는 일반 거리와 공구 상가의 거리의 차들이 어떻게 다니는지 비교하며 관심 있게 볼수밖에 없다. 운전자가 되면 자연히 또 그렇게 된다. 일반 거리에 비해 공구 상가 거리에는 차종이 다양하지 않다. 일하다 보면 똑같은 차만 돌아다니는 게 느껴질 정도다. 아무래도 공구상들이 일하기에 편한, 업무에 적합한 차가 따로 있나 보다. 그동안 내가 봤을 때는 이런 차들이 있었다. 가장 크게는 1톤 트럭, 경차, RV로 나누어진다. 그걸 좀 소개해보고자 한다.

1톤 트럭 3대장

1톤 트럭은 공구상의 가장 기본적인 차로 공구 상가에서 가장 많이 보인다. 비를 막기 위해서 프레임 천막을 활용하기도 한다. 1톤까지가 최대 적재라고 알려져 있는데, 사실 그 이상 적재가 더 가능하다고 한다. 우선 1톤 트럭의 쌍두마차는 기아 '봉고', 현대 '포터'.

그리고 '리베로'가 있다. 내가 3년 전까지만 해도 몰고 다니던 차인데 53만 킬로미터에서 더는 안 되어서 리타이어. 2007년 이후 단종되었다. 리베로 타신 분들 앞에서는 겸손해지자. 오래 일하셨던 분들이라는 증거다.

경차

경차는 서브로 몰고 다니는 차로 적재 공간은 작지만 크기 자체가 작아서 움직이기가 쉽다. 가벼운 물건이지만 비싸고, 비에 젖으면 안 되는 제품들을 배송할 때 쓰인다.

레이 밴: 레이에서 뒷자리 2석을 떼고 짐 공간으로 만든 자동차이다. 250킬로그램까지 적재가 가능하여 경차 중 끝판왕으로 손꼽힌다. 부피가 크지 않지만 무거운 물건들을 충분히 실을 수 있다. 1년 정도 타다가 중고로 팔았는데 여전히 보고 싶은 녀석이다.

모닝: 중고 매물도 많아 싼 가격에 매입이 가능하지만 레이 밴에 비해 적재 공간이 작다. 영업용 차량의 가장 기본적인 모델.

스파크: 모닝과 비슷하지만 모닝보다 비싸고 적재 공간이 작다.

라보: 소상공인 때문에 단종할 수 없다고 알려진 트럭. 사실 엄밀히 말해서 1톤은 아니다. 스틱이기 때문에 장기간 운전이 힘들고 사고 위험이 있다. 놀랍게도 라보는 LPG차. 사실 LPG는 힘이 많이 부족해서 무거운 짐을 많이 적재하지 못한다고 한다.

다마스: 라보의 형제. 화물 서비스에서 따로 분류될 정도로 용달에서는 한 획을 긋는 아주 역사적인 차이다. 단종 소식이 전해졌을 때 울부짖던 화물 기사님들을 여럿 봤는데 정기적으로 단종될 거라고 보도되지만 단종하기에는 아까운 차량이긴 한가 보다. 역시 수동이기 때문에 장기간 운전이 힘들다. 놀랍게도 이 차 역시 LPG.

기타

카니발: 자가용으로 사용하면서 화물을 나르고 싶을 때 1순위로 꼽히는 차량이다. 다만, 차체가 크기 때문에 오히려 트럭보다 주차하기가 어렵다.

무쏘 스포츠: 카니발과 비슷한 용도로 사용되지만, 좌석과 짐칸을 확실히 구분하고 싶은 사람들이 많이 산다. 2005년형 이후로 단종인데 이후로 렉스턴 스포츠나 이런 차량으로 대체된다.

스타렉스: RV 차량에서는 가장 많이 보이는 차, 앞좌석을 제외한 나머지 좌석을 다 떼고 짐칸으로 활용한다. 1톤 트럭만큼 상당

히 많은 양을 적재할 수 있다. 스타리아인지 뭔지 하는 신차가 최근 출시되었다.

르노 마스터: 근래에 자주 보이는 차인데 공구 상가의 연예인처럼 힙해 보이는 외관을 가지고 있다. 내가 개인적으로 가장 가지고 싶은 차이기도 하다.

내가 가장 바라는 트럭은 LPG, 전기 트럭. 보다 널리 공급되었으면 좋겠다. 화물 택배 회사에서 전기 트럭들을 새로 운용하는 걸 보았다. 파란색 트럭들이 아주 조용히 다니길래 나도 모르게 신기하게 쳐다봤었다. 차도 좀 더 부드럽게 움직일 것이고 유류비도 적게 든다고 한다. 그러나 힘이 좀 달리는 편이고 충전 시스템이 미비하다고는 한다.

최근 들어 점점 다양한 차종들이 공구 상가에 나타나고 있다. 다양한 직업을 가진 소비자들이 공구 상가에 들른다는 방증일 것이며, 새로운 세대가 유입되기 시작한 하나의 전조로 여겨지는 면이 있다. 더 많은, 더 다양한 트럭들이 공구 상가에 많이 들어왔으면 좋겠다, 눈 호강 좀 하게.

뭐 하는 사람인데요?

이 일을 하기 전에는 공구상을 단순히 상인이라고만 생각했다. 가게 문을 열고 물건을 페그보드에 진열하고 손님이 오면 요청하는 공구를 주고 값을 지불받는 그런 사람이라고. 아버지가 하시는 일을 단순하게 여긴 탓에 관심이 별로 없었던 것 같다. 아버지가 하시는 일? "공구 판매하세요." 누가 질문이라도 하면 그냥 여기까지만 말했었다.

그런데 내가 직접 공구를 판매하고 보니 공구상은 단순히 공구, 산업용품을 판매하는 사람이 아니라는 걸 깨달았다. 물건을 파는 과정 안에서 구매자와 꽤 밀도 있는 커뮤니케이션이 이루어졌고, 이에 따라 공구상도 단순한 상인이 아닌 전문적인 면모를 보여야 했다. 산업용품을 사고팔면서 나는 30년 넘게 가졌던 여러 편견을 깰 수 있었다. 공구상은 세상에 꼭 필요한 직업이었다.

우선 가장 먼저 깨달은 점은 '전문 기술자라고 해서 내가 사용하는 모든 산업용품'을 알지 못한다는 것이었다. 공구를 직접 사용하는 사람이기 때문에 당연히 내가 사용하는 공구는 잘 알고 있어야 하는 게 상식이지만 그게 아니었다. 어디에 쓰는 물건인지까지만 알지 정확한 모델까지 아는 경우는 소수에 불과했다. 나한테도 주문할 때 대부분 하는 말이 이랬다.

"(사진으로 보여주면서) 어, 이거 주세요."
"드릴이 별로 힘이 없는데 힘 좋은 거 없어요?"
"훨씬 더 쫀쫀한 장갑으로 주세요."

알고 보면 그래도 이들은 제품 자체의 스펙보다는 자신의 기술과 생산성에 관심이 많은 사람들이다. 축구 선수도 자신의 신체적 능력에 관심이 많지, 착용하는 유니폼의 재질을 잘 모르는 것처럼. 이에 공구상은 기술자들이 좋은 산업용품에 잘 접근할 수 있게 도와줘야 한다.

반대로 공구상이 전문 기술자에 준하는 기술을 가진 건 꼭 아니다. '현장도 모르는 것들이!' 하며 면박을 주는 고객이 있는데 반은 맞고 반은 틀려서 씁쓸하다. 공구상은 직접 써본 경험도 중요하나 고객들에게 물건을 팔아보면서 받은 피드백 데이터를 어떻게 활용하는지가 더 중요하다. '이거 ○○기업에서 애용하는 제품이에요' 하는 멘트가 더 먹힐 때가 있다. 그러나 나도 제품을 설명할 정도로 손재주력을 올리겠다는 다짐을 한다.

그다음으로 넘어가보자. 공구상은 제품의 종류, 브랜드를 알려주는 큐레이터다. 기술자가 말하면 찰떡같이 알아듣고 추천해주는 사람이다. 어떤 작업에, 어떻게 사용할 계획인지 귀 기울이고 상황에 맞는 산업용품과 브랜드를 추천해준다. 가령 이런 식으로 한다.

> Q. "콘크리트 벽에 나사를 박을 거예요."
>
> A. "해머 드릴 쓰셔야겠네요."
>
> Q. "임팩트 드릴 좀 좋은 것 좀 주세요."
>
> A. "디월트 라인을 써보시는 건 어때요?"
>
> Q. "콘크리트 벽에는 어떤 못이 필요하죠?"
>
> A. "드릴로 뚫고 앵커를 넣고 나사못^{screw}을 넣어보세요."

공구상은 기술자에게 최상의 퀄리티를 가진 공구, 산업용품을 추천해줘야 한다. 마지막으로 공구상은 생산자와 상생한다. 우리나라에는 정말 많은 공구 제조업들이 있다. 하지만 이 기업들은 생산에 최적화된 기업이지 유통, 마케팅에는 인력이 없거나 취약한 경우가 많다. 이때 공구상이 제조업의 유통을 도와준다. 이들의 장인 정신을 높이 알리고, 소비자에게 좋은 제품을 추천하여 생산자와 소비자의 가교 역할을 해준다. 그러면서 생산자와 공구상이 모두 판매 수익을 올리는 상생을 실현한다.

이따금 유통상에 대해 부정적으로 말하는 기사를 많이 본다.

생산자와 소비자 사이에서 마진을 떼먹기 때문에 생산자는 마진을 못 남기고, 소비자는 비싸게 산다고 한다. 물론 이 얘기가 어느 정도는 맞을 수 있겠지만, 적어도 공구상한테는 해당이 안 된다고 생각한다. 공구상은 역할이 확실하다. 제조업의 좋은 제품을 소비자에게 소개하는 것. 자칫하면 재화의 낭비, 안전사고가 일어날 수 있는 위험으로부터 막아준다. 또, 수십만 가지의 제품 가운데 나에게 맞는 산업용품을 골라준다. 공구상은 반드시 존재해야만 하는 직업이다. 행여 아니라면 공구상은 이런 역할을 충실히 이행하도록 스스로 변모해야 한다.

한식 뷔페 대예찬

마른 사막을 걷다 오아시스의 맑은 물을 몸에 적시듯─한식 뷔페
가 함바집보다는 고급스럽다─는 지친 현장 작업자들의 에너지를
채워준다. 건설 현장, 공구 상가 주위에는 반드시 한식 뷔페가 있
다. 회사가 많은 지역 부근이면 어디든 프랜차이즈 형태의 한식 뷔
페들이 생겨난다고 하지만, 현장의 한식 뷔페는 뭔가 투박하면서
도 정겨운 냄새가 난다. 일반인이 생각하기에 어수선하고, 다소 추
저분하겠지만 이것도 나름대로 매력이다. 웅성웅성 "이모, 이모"
를 외치는 삼촌들, 거칠게 식판에 비벼지는 수저질 소리는 NFL 하
프타임 쇼인 양 강렬하다.

한식 뷔페는 현장자의 허기를 정확하게 집어내는 그 맛에 있
다. 나도 모르게 땀을 뻘뻘 흘리고 갑작스러운 욕망에 사로잡힌다.

'다 됐고 진짜 고기나 한 접시 푸짐하게 먹고 싶다.'

일상에서 우리는 너 나 할 것 없이 건강을 챙기지 않나. 건강

챙겨야 한다며 부모님, 아내의 등살에 눈치 보면서 건강식을 먹고, 다이어트 한다며 닭가슴살만 먹으면서 자신을 옭아맨 서글픔이 있었을 것이다. 그런데 이 서글픔을 확실하게 풀어주는 게 한식 뷔페다. 사실 한식 뷔페는 건강을 먼저 챙기자는 위선적인(?) 태도가 없다. 솔직하고 직설적이다. 무조건 사람들이 호불호 없이 좋아하고 행복하게 입에 구겨 넣을 수 있는 메뉴만을 만들어준다. 돈가스와 치킨 중에 뭘 먹을지 고민된다고? 한식 뷔페에서는 둘 다 만들어 줄 수 있다.

맛은 어떨까? 어쨌든 기본은 한다. 한식 뷔페는 다른 레스토랑들처럼 품위 있는 최상의 맛을 추구하지 않는다. 되도록 많은 사람들이 맛있게, 배불리 먹고 갔으면 좋겠다는 박리다매의 원칙을 지킨다. 한식 뷔페에서 음식 평론할 것도 아니고, 맛있으면 장땡이라고 생각하는 사람이 많기 때문이다. 미원이나 라면 수프를 팍팍 뿌려도 충분히 감안해주는 곳이 한식 뷔페다.

그러나, 무조건 메뉴를 막 만드는 게 아니다. 의외로 섬세함이 느껴지기도 한다. 가장 좋은 예시는 바로 콩나물국. 언젠가 한식 뷔페 사장님한테 물어본 적이 있다. "왜 수요일이나 목요일에 콩나물국이 나오나요?" 얘기를 들어보니 그즈음 전날 술자리를 가진 사람들이 많아 만든다는 것이었다. 좋은 한식 뷔페에서는 일주일에 한 번쯤 북엇국, 콩나물국이 나오는 이유다.

한식 뷔페에서는 메인 고기의 종류도 좋지만 야채가 풍족하다. 집에서는 락앤락 통에 담긴 한정된 나물, 채소류를 먹는데 한식 뷔페는 매일매일이 다르다. 오늘은 연근, 내일은 무말랭이, 모레는 오이무침이 나온다. 맛있는 제육볶음을 먹으러 가는 사람도 있는 반면, 골고루 야채를 섭취하기 위해서 가는 사람도 있다. 특히나 1인 가구에게 한식 뷔페는 집밥을 대신하는 건강 지킴이나 다름없다.

일반적인 가격은 5천5백 원~6천 원 사이로 든든함을 외치는 국밥 중독자들도 가볍게 입 다물게 하는 가성비도 지니고 있다. 이 돈만 낸다면 맛있는 메뉴들을 맘대로 골라서 먹을 수 있다. 가끔 생선구이가 나오는 파멸의 날이 있긴 하지만, 그걸 제외하고는 참 착한 가격이긴 하다. 게다가 뷔페니까 마음껏 제멋대로 먹을 수 있다. 다들 알겠지만, 회사 근처에 퀄리티 좋은 한식 뷔페가 있다면 경계해야 한다. 살찌는 주원인이 될 수 있으니.

편식도 곧잘 하고, 까탈스러운 나지만 한식 뷔페에 대해서만큼은 입이 마르도록 칭찬을 할 수밖에 없다. 그만큼 맛있고, 다양하고, 골라 먹는 재미도 있다. 가끔 오래된 친구들을 만나면 학교에서 다음 날 점심 어떤 메뉴가 나오는지 기대되던 급식 시절이 떠오른다. 추억에 휩싸여 친구들을 대동하고 간 것도 여러 번, 한식 뷔페야말로 나에겐 파라다이스다. 원하는 만큼 먹을 수 있으며 건강한 감칠맛과 단돈 6천 원이면 되는 극강의 가성비까지. 한마디로

이만한 게 없다는 거다. 그래, 이쯤에서 그만하겠다.

한식 뷔페 베스트 5

한식 뷔페에서 친구와 밥을 먹다가 물어본 적이 있다. "야, 너는 한식 뷔페에서 최고의 메뉴는 뭐라고 생각하냐?" 그러자 이 친구는 10초 안에 다섯 개의 메뉴를 신들린듯 줄줄 읊었다. 인테리어 기술자이면서 한식 뷔페 취식 경력이 어마어마하니 신뢰가 깊기도 했지만 그래도 이렇게 서슴없이 대답하다니....... 그가 정말 진정으로 이 최고의 메뉴들을 깊게 고민했다고 느껴졌다. 그래서 친구와 더불어 역시나 관록이 깊어지는 중인 나의 의견을 섞어서 한식 뷔페 베스트 5를 정해보았다.

제육볶음

제육볶음은 맛있는 한식 뷔페를 정하는 데에 기준점이 되는 메뉴이다. 한식 뷔페 제육볶음은 고깃덩어리가 큼직큼직한지, 비계가 얼마나 붙어 있는지, 빨간 양념이 반질반질하게 코팅되어 있는지, 국물은 뻑뻑한지 자글자글한지 농도가 어느 정도 되는지 살펴야 한다. 메인 요리의 양념에 밥 한 그릇을 비벼 먹는 사람들도 상당하다.

생선가스

생선가스는 일반 식당에서도 잘 팔지 않는다. 돈가스 전문점에서나 팔곤 하는데 우리가 원하는 건 그런 생선가스가 아니다. 월계수잎 모양의 그 그, 뭔가 보급용으로 만든 얄브스름하고 튀김 껍질이 반인 생선가스를 말한다. 덤으로 발라지는 하얀 타르타르소스가 생선가스의 맛에 환상적인 날개를 달아준다.

찜닭

한식 뷔페의 찜닭은 다리만 무한정으로 즐길 수 있는 강점이 있다. 찜닭이 메뉴로 나오는 때면 뒷사람 눈치를 보면서 닭다리만을 담아야 한다. 깍둑썰기한 감자와 당근, 더 좋은 곳은 쌀떡까지 같이 버무려져서 나온다. 너무 늦게 찾지는 말자. 모가지만 여덟 개 먹을 수 있으니까.

보쌈

일반 식당에서는 비싸고, 가정집에서도 손이 많이 가는 음식이 보쌈이다. 이런 음식을 6천 원에 즐길 수 있다는 걸 신께 감사해야 한다. 한식 뷔페의 보쌈은 오히려 보쌈 전문점보다 푸짐할 때가 있다. 가격을 고려하지 않은 두꺼운 두께, 적절하게 붙어 있는 비계가 일품이다. 씹는 순간 고기가 결대로 찢어지고, 그 안으로 퍼지는 비계의 살짝 느끼한 듯한 고소함이 매력이다. 고기를 쌈으로 싸 먹거나 그러지는 말자. 고기만 먹어주는 게 국룰! (콜레스테롤도 덤이다.)

라면

라면은 인스턴트가 아니냐고? 한식 뷔페의 라면은 뭔가 색다른 경험을 안겨준다. 동료들이 각자 음식이 가득 담긴 식판을 놓고 그 가운데에서 휴대용 가스버너로 라면을 끓여 먹는데, 이거야말로 뭔가 캠핑 같으면서도 동료애가 물씬 느껴지는 장면이다. 좋은 한식 뷔페는 고춧가루와 대파 심지어 달걀물까지 제공된다.

이 밖에도 돈가스, 해물파전, 미니돈가스와 같은 다른 메뉴들이 있지만 위의 다섯 메뉴는 압도적으로 인기가 많은 메뉴들이다. 저 메뉴들을 머릿속에 탑재하고 나오기만을 기다리자. 전날에 메뉴들을 알았다가는 다음 날까지 잠을 못 이룰 수 있다. 여러분과 달리 학창 시절 애정이 가는 점심 메뉴에 형광펜으로 칠하던 그때가 내게는 추억이 아니다. 그저 앞으로 계속해나가야 할 현명한 습관의 일종이다.

당신과 공구 사이의 나까마

나까마는 많은 분야에서 '중개상'으로 쓰이는 단어이다. 제조사에서 물건을 생산하면 소비자에게 제품이 전달될 때까지의 중간 과정이 있는데 이를 처리하며 마진을 먹는 유통상들을 말한다. 몇몇 분야에서는 부정적인 의미로 사용되고 있다. 중고차 시장에서는 나쁜 차를 좋은 차로 둔갑해 판매하는, 섬유업계에서는 마진 없이 싸게 제품을 판매해 생태계를 해치는 일부 질 나쁜 중개상을 일컫는다고 한다. 중개상을 비하하는 표현으로 나까마라는 단어를 쓰기도 하는 것이다.

나까마는 오랜 역사를 가지고 있다. 일제강점기 시절 일본 군수물자를 제조하고 유통 한 것이 공구상의 초기 모습이라고 한다. 옛날에는 제대로 된 트럭조차 없었을 테니 공구상 1세대 분들은 자전거를 타고 다니며 공구와 산업용품을 납품하고 관련 수리까지 직접 했다고 알려져 있다. 이런 기본적인 형태가 대한민국 산업 발전과 맞물리며 1, 2, 3세대로 거친 지금의 모습으로 갖추어진 것이다.

몇몇 나쁜 중개상들의 행동들이 문제가 되곤 한다. 쓸데없이 중개상이 많이 껴서 마진을 올리는 것 때문에 필요 없다는 여론이 많아졌다. 그래서 최근 플랫폼 사업 중에 가장 흥행하는 비즈니스 모델 중 하나가 중개상을 거치지 않는 공장과 직거래하는 방식이라고 한다. 게다가 제조 공장이나 관련 총판이 온라인 쇼핑몰을 직접 열면서 소비자들은 중개상을 건너뛰고 제조원가가 비슷한 싼 가격으로 제품을 사고 있다. 사실 중개상의 유통 비중이 줄어드는 추세라 나도 중개상인 입장에서 씁쓸하긴 하다.

나 또한 공구상을 하기 전까지는 공구가 꼭 중간 유통이 필요하느냐는 질문을 했었다. 그냥 제조 공장에 가서 사면, 제조업이 운영하는 온라인 몰에 가서 주문하면 되지 왜 굳이 중개상을 거쳐야 하느냐고. 하지만 점점 시간이 지나면서 생각이 완전히 달라졌다. 중개상은 여러모로 꼭 필요하다.

산업용품은 선별할 필요가 있다

전 세계에는 정말 많은 산업용품, 산업용품 브랜드들이 있다. 스패너만 해도 몇백 가지 사이즈에다가 소재에 따라, 전장에 따라, 브랜드마다 종류가 무궁무진하다. 이 많은 산업용품 중에서 소비자가 어떻게 좋은 제품을 고를 수 있을까? 이때 중개상이 필요하다. 중개상은 좋은 산업용품을 엄선하여 소비자에게 제안한다.

산업용품은 배송이 어렵다

나까마는 '배송까지 책임지는 중개상'이라는 의미가 공구 상가에는 있다. 산업용품이 무거운 경우에는 일반 택배를 사용할 수 없다. 그래서 화물을 이용하거나, 직접 트럭으로 지정된 장소까지 운반해줘야 한다. 이때 이 배송을 인도할 중개상이 필요하다. 또한, 공장 현장 안까지 진입해야 할 때가 있다. 일반 택배로 치자면 사람이 없을 때 집 앞에 물건을 놓고 가는 게 아니라 집 안까지 들어와서 정확히 방 앞에 놓고 가야 한다. 물론 이때 공장에서는 일부 차량의 출입을 허가한다.

산업용품은 장인 정신이 필요하다

제조업이 마케팅과 판매까지 하면 얼마나 좋을까? 하지만 그렇지 않다. 산업용품 브랜드 중에는 1인 기업도 있고, 중소기업도 많다. 이 인력들은 대부분 생산에 투입되곤 한다. 생산에 투입되면 될수록 품질 좋은 제품들이 생산된다. 소위 이들은 장인 정신이 몸에 배어 있다. 그래서 마케팅, 판매, 영업을 대신 해줄 중개상이 필요하다.

이러한 당위는 꼭 산업용품 세계에만 국한되지 않는다. 같은 관점으로 접근하면 농산물, 축산물이나 다른 분야에서도 중개상이 필요하다. 중개상이 너무 많은 것도 문제가 되지만, 없으면 유통망이 경직된다. 나는 개인적으로 나까마, 중개상은 대신 팔아주는 사람이라고 생각한다. '내 영혼을 갈아서 만들었다'는 제조업의 말과 정신을 고스란히 소비자에게 전달해주는 역할을 해야 한다. 내가 많이 팔아주면 소비자도 만족하고, 제조업도 돈을 벌고, 그 덕에 나도 돈을 벌고 모두가 행복한 순환을 만들고 싶다.

집들이 선물이 고민될 땐

몇 년 사이에 집들이가 부쩍 늘었다. 30대에 들어서니 나를 포함해 슬슬 주위에서 결혼하는 이들도 많아지고, 벌이가 괜찮아지면서 자취하던 집을 정리하고 하나둘 안정된 보금자리로 옮기기 시작했다. 코로나19로 함부로 바깥을 돌아다닐 수 없어 꼭 만나야 할 일이 생기거든 소수 인원으로 집에서 모임을 한다. 그나마도 잘 없는 일인데 친구가 맛있는 음식을 친히 준비한다니 맨손으로 그냥 갈 수는 없어서, 또 새집에 생활 집기랄 게 있겠나 싶어 선물을 슬며시 챙겨 가게 된다. 가까운 친구들의 살림살이에서 나는 '공구 파트'를 자연스럽게 맡게 되었다. 오히려 내 쪽에서 친구들에게 말해두곤 한다. "공구는 미리 마련하지 말고~"라고.

선물용 공구를 고르기란 그리 어렵지 않다. '오늘의집'이나 '문고리닷컴'에서 공구 카테고리에 들어가 죽 살펴보거나 대형 마트의 DIY 매장을 찾아 어떤 제품이 진열되었는지 훑어보고 온라인으로 브랜드 제품을 구입하곤 한다. 친구들이 잘 모르는 제품을 서프라이즈 선물로 택하고 싶은 직업병적 욕심이 또 더해지니 귀찮기는커녕 쏠쏠한 재미마저 느낀다.

가장 무난하고 좋은 제품은 역시나 충전식 무선 전동 드라이버다. 최근 몇 년 사이 셀프 가구 조립이 유행하면서 드라이버 수요가 부쩍 늘었는데 일반 드라이버를 가구 조립에 썼다가는 손목이 남아돌지 않는다. 그런 이유로 충전식 무선 드라이버의 인기가 높다. 충전식 무선 드라이버는 디자인, 성능, 가격을 종합해보자면 보쉬BOSCH가 선물용으로 괜찮다. 마치 물총 같은 외관이 귀엽고, 다소 고급스러워 보이는 양철통에 담겨 있어 귀해 보이는 효과가 있다. 요즘은 무선 전동 드라이버가 힘도 세고 디자인도 깔끔하게 나오는 경우가 많다. 번외로 비트 세트를 선물하는 분들도 있다고 들었다. 가정용 공구 세트도 좋다. 신혼집 선물 품목에서 중복율을 낮추는 괜찮은 제품이다. 망치, 플라이어, 펜치 등 가정에서 기본적으로 필요한 공구가 다 들어 있어 만능 양념장 같은 선물이랄까. 다만, 품질이 좀 떨어지는 경우가 있다. 정말 질 좋은 공구를 사고 싶다면 각각 따로 마련하는 게 좋다.

또, 규격화된 케이스에 딱 들어맞게 만들어져야 하다 보니 가끔 비정상적인 사이즈의 공구들이 보일 때가 있다. 사다리도 괜찮다. 2~3단으로 되어 있어 냉장고 위나, 수납장 위를 관리할 때 쓸 작은 사이즈가 괜찮다. 이케아에서는 '스텝 스툴'이라고 해서 원목으로 된 사다리를 판매하는데 이건 사다리 겸 화분을 놓는 장식대로도 많이 사용된다. 사다리는 틈새에 넣어 보관할 수 있는 접이식이 좋다. 자영업을 하는 친구, 따로 사무 공간을 운영하고 있어 특히 공간 활용이 필요한 친구들에게 선물해줬었다.

접이식 핸드카트도 꽤 괜찮은 반응을 얻었다. 분리수거나 쇼핑할 때 있으면 있는 대로 편하게 쓰는 게 바로 이 핸드카트다. 알루미늄으로 경량화 처리되었고 2~3단 접이식이라 휴대하기가 편하다.

주변 공구상 분들에게 물어보니 시계 드라이버 세트도 좋다고 하더라. 시계 드라이버도 하나쯤 있으면 작은 부품 수리할 때 그렇게 유용할 수가 없다. 시계 드라이버가 전동화 되면 전동 드라이버가 되고 전동 드라이버가 비트 치수가 낮아지면 시계 드라이버가 되니, 사실 경계가 모호하긴 하다.

몇몇 친구들은 내가 하는 일에 대해 이해를 잘 못한다. 내 일의 중심에 있는 것이 공구, 산업용품, 철물이라고 했을 때, 각자 생각하는 범위가 달라서일까. 그럴 때 백번 설명하는 것보다 선물을 하나 해주는 게 좋다. 선물을 받고 좋아하며 자연스러운 감사 인사를 전하는데 내 직업에 대한 직관적인 이해와 더불어 이제 나를 좀 더 깊이 있게 알겠다 싶어 설렌다. 산업용품 선물은 상대방을 기분 좋게 하는 지름길이면서 나 스스로 정체성을 깨닫게 되는 유익한 행위임을 새삼 깨닫는다.

제조업의 꽃, 용접

자주 가는 정밀사(社)가 있다. 거래처에서 가끔 변형된 수공구를 주문할 때면 찾는 곳이다. 스패너에 기다란 파이프를 달거나, 표준규격에 없는 앵글 렌치를 만들어달라고 한다. 때마다 정밀사에 가면 생생한 용접 현장을 본다. 자극적인 냄새와 금속 가루가 휘날리는 작업장 안에서 빛이 번쩍번쩍하는 현장에 다섯 명의 용접사 어르신들이 땀 흘려 일하고 계신다. 미술, 특히 조형 쪽 친구들의 이야기를 들어보면 친한 정밀사 사장님들이 한 명쯤 꼭 있어야 된다고 말한다. 자신들이 디자인한 작품을 제대로 만들어줄 수 있는 곳, 만들 줄 아는 사람이 용접사 사장님이기 때문이다. 30~40년이 넘은 그 용접 실력으로 아티스트들이 원하는 물건을 똑같이 만들어주는 연금술사들이다.

을지로에 가면 정밀 가게에 젊은 아티스트들이 드나드는 모습을 가끔 본다. 용접은 금속을 접합하는 작업이다. 목재를 스크루나 못으로 접합한다면 금속은 금속재(용접재)로 접합한다. 나는 소규모의 작업장만 익히 봐왔는데 용접 작업은 플랜트, 조선 작업 등

중장비업의 꽃이라고 생각하면 된다. 예전에 텔레비전에서 애국가가 흘러나올 때면 선박의 용접 작업을 통해 조선업의 발전을 표현하는 걸 맨날 봤었다. 그런 분들은 대부분 전문가 중에서도 으뜸 전문가로 대한민국 '명장'으로 선정되기도 하며 돈도 어마어마하게 받는다고. 용접은 고도의 기술을 요구한다. 금속의 접합 원리부터 집중력 등 많은 능력이 필요하다. 또한, 금속 분진과 흄, 밝은 빛을 견뎌야 하기에 용접공에게는 숙련도가 필수다. 그만큼 기업에서 유능한 인재로 아끼기도 하고 연봉도 세다고 들었다. 몸과 정신 모두가 똑똑해야 비로소 용접을 할 수 있다고 한다.

용접은 위험하다. 전기로 인한 감전, 열에 의한 화상, 용접 시 발생하는 강한 빛에 의한 눈뽕(시력 손상), 유독가스 등 우리가 알고 있는 3D 직종의 위험 요소가 다 포함되어 있다. 그래서 용접 관련 안전용품들은 유난히 방어력이 높다. 나는 용접할 때 쓰이는 안전용품을 많이 추천한다. 용접용 팔 토시, 용접용 장갑, 차광 용접면, 보안경, 방진 마스크 등 용접 작업에는 다른 작업보다 훨씬 더 안전한 산업용품들이 필요하다. 팔 토시는 면이면서 두껍고, 마스크는 1급이거나 특급 방진 마스크 이상, 장갑은 내열 장갑, 용접면에 차광 효과는 필수다. 정밀사 사장님들이 안전용품을 알뜰살뜰 챙기는 이유가 여기 있다. 사회에서는 기술직의 대표적인 예로 용접사를 든다. 동시에 은근한 경시의 대상이 되곤 한다. 공부를 못하니 "기술이나 배워"라고 쉽게 말을 던지고 "용접이나 배워야지"라며 한숨을 내뱉는, (별 의미도 없는) 누군가의 푸념을 한참 들어준 적도 있다. 용접은 만만한 작업이 아니다. 고도의 기술과 똑똑한 머리와 그에 따르는 피지컬이 필요하다. 검색 사이트에 '용접'이라고 치면 용접의 원리, 용접봉의 종류 등 일반인이 통 이해할 수 없는 그림들이 수도 없이 나온다.

나는 용접사들을 좋아한다. 그리고 용접이라는 단어는 존중받아야 마땅하다. 더불어 직접 작업용 의자에도 앉아 보고 그들의 작업 현장도 들여다보는 사람으로서 단언컨대 용접사는 소방관만큼이나 존경받아야 한다. 우리가 타고, 뛰어넘고, 착지하고, 잡고, 눕는 모든 것에, 살기 위해 구매하는 모든 물건에 용접이 쓰인다. 그들이 위험을 무릅쓰고 땀 흘려 만든 것들에 기대어 우리가 이렇게 편하게 살고 있다.

미수금의 미학

기브 앤 테이크, 바로 주고 바로 받는 깔끔한 거래가 세상에 많았으면 좋겠다. 하지만 현실은 그렇지 않다는 걸 공구상을 하며 뼈저리게 깨닫는다. 납품은 번개처럼 빠르게, 결제는 거북이보다 느리게, 입금은 하염없는 기다림으로…… 공구, 산업용품 생태계에서 흔하디흔한 일이다. 지금도 나는 몇몇 거래처의 미수금을 기다리는 상태다.

공구, 산업용품에서는 미수는 당연히 있을 수밖에 없다. 특히 B2B 거래에서는 어쩔 수가 없다. 이런 품목을 취급하는 기업들은 제조업이나 건설업이 대부분인데 이들은 현금 흐름이 크게 돌기 때문이다. 지금 팔면 6개월, 길게는 1년 뒤에 수익을 보는 경우가 많다. 그래서 기업은 수익이 비수기(?)일 때 구매 예산을 집행하는 규모, 시간을 따로 규정한다고 들었다. 여기서 현장 팀과 구매 팀의 구매, 결제의 간극이 생기는 것이다. 현장 팀은 바삐 돌아가는 현장에서 제품을 빨리 받아야, 구매 팀은 정해진 시간에 결제하는 각자의 TPO^{Time, Place, Occasion}가 있다. 금액이 큰 경우에는 어음을 발행해주기도 하여 공구 상가 주변에는 어음할인 업체를 쉽게 찾아볼 수 있다. 이런 TPO를 견뎌줄 자본과 상황이 공구상의 입찰 경쟁력이 되기도 한다. 빠른 납품력과 추후 결제를 버티는 자본을 가졌을 때이다. 그런데 요새 경기가 좋지 않아 선입금이나 빠른 결제를 요구하는 경우가 많아졌다.

미수금이 끈끈한 신뢰의 증표일 때가 있다. 공급처 쪽에서는 오히려 말끔한 정산이 거래처가 다른 공급처로 옮길 여지를 주기 때문이다. 그래서 오히려 미수금을 조금씩 남겨놓아 지속적인 관계를 유지하기도 한다. 일종의 보증금, 예치금과 같은 것이다. 나도 언젠가 정산을 한꺼번에 한 적이 있었는데 공급처에서 바로 연락이 왔다. 입금을 잘 확인했다는 이야기가 주였지만 속내에 저런 조바심이 비쳤다. 착각이었을까.

밀린 미수금을 받는 방법은 이미 업계에서 오랫동안 연구되어 온 바다. 무작정 돈을 달라고 하는 강제적인 태도와 달리 회유하고 공감하는 마음가짐이 필요하다고 한다. 거래처가 어떤 상황에 놓여 있는지, 결제 계획을 어떻게 가지고 있는지를 서로 공유하며 파악해야 한다. 또 너무 친해지면 마음이 여려져 돈을 못 받는다고 하는데 사실 나도 공감하는 중이다.

미수금은 나에겐 애증의 존재이다. 많으면 생존에 치명타인데 또 없으면 불안한 느낌이다. 이럴수록 유통을 떠올리면 시간과 공간이 모두 다른 기브 앤 테이크가 유기적으로 연결되어 있는 모습이 그려진다. 미수금은 털어내기보다는 어쩔 수 없이 안고 가야 하는, 옷에 묻은 먼지 같은 느낌이랄까. 반면 생존의 이유이자 나의 사업장이 존속되는 이유이기도 하다. 내가 공급처에 돈을 주려면 열심히 매출을 늘려야 하니까. 종종 그런 생각을 한다. 미수금은 열심히 일하고 목적을 달성하게 이끄는 뜨겁고 매운 채찍이 아닐까?

아버지와 공구상

어렸을 때 아버지는 어느 기업의 임원이셨다. 회사에서 내준 쏘나타3를 타고 아버지를 따라 안산에 있는 회사를 방문했던 기억이 있다. 공장 입구에서 경비실 아저씨가 깍듯이 인사를 하셨고 안쪽으로 들어가 주차를 하자 아버지는 나에게 차에 잠깐 있으라고 한 후 직원들을 격려하러 공장 안으로 들어갔다 나오셨다. 지금 생각해보니 아버지는 꽤 높은 직위까지 올라가셨던 것 같기도 하다.

그리고 2003~2004년 내가 중학생이던 어느 날, 아버지는 트럭을 한 대 마련하셨다. 현대 리베로라고 앞머리가 스타렉스 같은 지금 보면 특이하게 생긴 트럭이었다. 어느 순간 아버지는 구두와 셔츠 대신 작업복과 등산화 차림으로 다니기 시작하셨고, 맨들맨들했던 얼굴이 여름만 되면 새까맣게 탔다. 대신 전처럼 야근하는 날이 없어 집에 들어와서 식사를 자주 하셨고, 소주는 바깥보다 집 안에서 많이 드셨다. 그러나 그때 이미 우리 남매는 야간 자율 학습을 시작해 아버지와 저녁을 먹을 기회가 잘 없었다.

아버지는 나를 트럭으로 학교까지 태워다주려고 하셨는데 트럭이 부끄럽거나 그렇진 않았다. 트럭에서 내리는 내 모습을 본 친구들이 "너네 아버지 트럭 몰고 다니시네?" 하며 신기해하기도 했지만 딱히 기분이 나쁜 적도 없었다. (누나는 이게 상당히 스트레스였다고 한다.) 정문 앞에 줄 세워진 세단들 사이로 보이는, 한가득 짐을 실은 하얀 리베로의 모습이 재밌기도 했다.

나는 이때만 해도 아버지가 회사를 그만두시고 공구상이 되신줄을 전혀 몰랐었다. 솔직하게 말해서, 그 직업이 뭔지도 몰랐었다. 육체 노동을 하는 아버지를 보며 "아빠, 우리 집 망한 거 아니지?" 하고 조심스럽게 물어본 적은 있었다. 아버지는 오히려 더 돈벌이가 좋아졌다고 웃으셨다. 학교 안에 처박혀 있었기 때문에 화이트칼라가 돈을 더 잘 번다는 편견이 내게도 있었다.

'공구상'이라는 아버지의 정확한 직업을 알았을 때는 대학생이 되고 나서였다. 아버지는 학교 방학이 시작되면 시화 공구 상가로 나를 데려가기 위해 언제 시간이 나는지 물어보셨었다. 놀고 음악하는 데 정신이 팔려 별 신경을 쓰지도 않았다가 군대를 다녀오고 나서야 아버지가 일하시는 공구 상가에 갔었다. 창고 안에 쌓인공구들과 산업용품을 보면서 아버지는 꽤 힘든 일을 하고 계셨다는 걸 깨달았다. 그 이후로 지방 납품도 같이 가고, 지방에서 1박을 하며 아버지와 부쩍 친해졌다. 아버지들은 그렇다고 했다. 아들이 크면 함께 술 한잔하며 인생을 얘기하는 설렘을 늘 마음속에 간직한다고.

아버지와 마지막으로 술 한잔을 나눈 건 2017년 여름, 강릉에서였다. 강릉으로 가 허름한 숙소를 잡고 싸디싼 목살을 사다가 구워 먹었다. 사실 어떤 이야기를 나눴는지는 기억이 안 난다. 정치, 사회, 문화 등 삶의 배경이 되는 전반적인 여러 가지 것들을 이야기했던 것 같다. 이 강릉에서의 술 한잔이 매우 뜻깊은 자리라고 생각했었다. 그리고 이 1박 2일은 내 인생에 얼마 되지 않는 최고의 시간이 되었다. 아버지는 쓰러지신 후 이제 술을 안 드신다.

아버지는 항상 말씀하셨다. 이 사업은 결국에는 너가 이끌어가야 한다고. 언젠가 내가 이끌어야겠다는 생각은 했다. 하지만, 시간이 이렇게 빨리 다가올 줄은 몰랐다. 창업 지원 관련 멘토링에서 만난 멘토들이나 심사 위원들이 물어본다.

"도대체 이 일을 왜 하는 거예요?"

그러면 자신 있게 대답한다.

"이건 나밖에 할 수 없는 거예요. 내가 해야 됩니다."

정말 미치도록 공구를 좋아하거나, 광물수저 물고 태어난 김에 가업을 물려받은 건 절대 아니다. 그냥 내가 해야만 하는 일이라서. 다른 제삼자가 할 리가 없고, 이 업을 접을 수도 없다. 내가 해야 한다. 아버지가 일하신 돈으로 먹을 거 다 먹으면서 컸고, 대학교도 들어가고 마음껏 꿈을 펼칠 수 있었기 때문이다. 한 사람의 막중한 책임감이 이렇게 또 한 사람의 미래를 키웠다.

\\\

-2-
공구로운
사용 설명서

공구로운 생활의 시작, 안전복

그래픽디자인 브랜드에서 일하면서 한껏 눈만 높았던 시절이 있었다. 친구 따라 강남 간다고 그래픽디자이너였던 친구가 옆에서 쉬지도 않고 조잘대니 덩달아 물건 보는 눈이 달라졌다. 특히 옷을 볼 때 그랬다. 스스로 생각해도 그렇게 눈빛이 매서울 수 없었다. 옷은 우선 직관적으로 '예뻐야' 했다. 색상의 조화가 어떤지, 소재는 무엇인지, 표면에 프린팅된 이 이미지는 무엇이며 브랜드가 어떤 가치를 지녔는지 꼼꼼하게 따졌다. 옷이란 사람의 자존감을 단번에 높여주는 하나의 예술이었다. 그렇지 않은 옷은 제 기능을 상실한 것이고 시대에 뒤처진 '쌈마이'라고 혀를 차던 나였다.

직업이 바뀌고 얼마 되지 않은 때, 고집스러운 나의 눈으로 보자면 사실 안전복은 옷이 아니었다. 옷의 축에도 낄 수 없는 무엇이었다. 무채색 계열의 메인 바탕에 어울리지 않는 포인트 색상이 상당한 거부감을 일으켰다. 학창 시절의 칙칙한 교복처럼 사람의 개성을 꽁꽁 묶어둔, 어쩔 수 없이 입어야 하는 옷처럼 보였다. 하지만 지금은 당시의 생각이 부끄러울 만큼 대하는 태도가 180도

달라졌다. 안전복은 기능에 충실하고, 안전에 상징성을 담은 멋진 옷이다.

'안전'이라는 키워드에 맞춰 소재가 결정되고 소재에 따라 주머니 개수, 주머니의 세부 용도, 마감선이 달라진다. 외부 환경에 영향받지 않고, 작업 외의 갖가지 행동에 편의를 주어 사용자가 오로지 전문적인 작업에 열중할 수 있게 돕는다. 사실, 안전복에 대한 이 깨달음은 다름 아닌 어느 거래처 사장님과의 까다로운 소통 과정에서 나왔다. 당시 사장님의 주문 조건은 다음과 같았다.

- 용접 현장이니 충분히 소재가 두꺼울 것.
- 양쪽 하단 주머니는 사선이 아닌 수평일 것.
- 왼쪽 가슴에는 지퍼 달린 주머니가 있을 것.
- 기업이름_컴퓨터자수는 흰색으로 새겨줄 것.

요구 조건이 너무 세세하고 까다로워서 지금껏 썩 기분 좋게 떠오르지는 않지만, 꽤 인상 깊은 주문 내용이었다. 양쪽 하단 주머니 수평 위치는 고개를 숙일 때 물건이 떨어지는 것을 막기 위해서, 왼쪽 가슴의 지퍼 달린 주머니는 식권을 보관하기 위해서, '기업이름_컴퓨터자수_흰색'은 다른 회사와 합동 작업할 때 직원을 구분하기 위함이었다. 놀라운 점은 이게 다 암기로 입력된 정보가 아니라 사장님의 오랜 경험에서 비롯되었다는 것이다. 안전복은 사용자가 높은 능률로 작업할 수 있는지에만 목적이 집중된 듯하다. 디자인마저 좋다면 화룡점정이긴 한데 안전복 시장에서 디자인이 갖는 비중은 그리 크지 않다.

그렇다고 화려한 안전복이 아예 없는 건 아니다. 브랜드 카탈로그를 뒤지다 보면 빨갛고 파랗고 노란, 흡사 아웃도어 같은 안전복들을 볼 수 있다. 과거의 안전복은 유니폼이라는 인식이 강했는데 지금은 개인화되어 보다 고급스럽게, 여가 활동에도 입을 수 있는 아웃도어 룩으로 만들어지고 있다. 이것 자체로 매우 긍정적인 현상이라고 여긴다. 평소에 그냥 입고 다녀도 될 정도로 예쁜 것들도 상당한데, 공장 안에서 입고 다닌다는 상상을 하니 살짝 고민이 된다. 이게 바로 안전복의 재미있는 점이다. 안전복에 있어선 패션 디자인이라는 개념 자체가 욕심일 수 있다. 화려한 색상이 기분을 내는 데 도움이 되긴 해도 안전을 보장하지는 않는다.

주변에서 접할 수 있는 안전복이 어두운 색상인 이유를 추측하는 건 그리 어렵지 않다. 공장을 굴리는 제조업 조직은 단단해야 한다. 위험한 기계 앞에서 직원은 코팅된 종이에 적힌 매뉴얼에 따라 움직여야 한다. 이렇게 개인행동에 제약이 있고 통제되는 환경에서 각자 옷을 화려하게 입기는 어렵다. 전 직원이 대체로 만족하고 입을 수 있는, 집중력을 흐트러뜨리지 않는 하나의 옷을 선택해야 하는데 그러다 보니 자연스레 무채색 계열이 많아졌다. 남방셔츠 안에 입는 흰색 반팔 라운드 셔츠가 불문율인 것처럼.

제조업과 함께 안전복은 발전해왔다. 2021년에 판매되는 안전복은 구구절절한 사연들의 결과물이다. 불편은 덜고, 편리는 더하는 담금질을 반세기 넘도록 해오며 오늘에 이르렀을 것이다. 취향과 먼 스타일도 있지만 어쨌든 존재하는 까닭이 있을 것이라 고개를 끄덕이며 보는 중이다. 내가 매몰차게 거부하는 안전복도 알고 보면 누군가의 '페이버릿'이며, 그의 작업을 충직하게 도와주고 있지 않을까? 앞으로는 지나는 길에 혹 안전복을 보거든 두 손 번쩍 들어 경의를 표해야겠다.

TIP

1. 나의 작업 환경을 알자.

현장에 분진이 날리는지, 높은 열이 발생하는지, 유독성 물질이 튀는지, 무거운 짐을 운반해야 하는지 등을 확인할 것. 가령 야간작업을 해야 한다면 야광 작업복을 선택하는 것이 좋다.

2. 제품의 기능성을 알자.

크게 두 가지—내 몸을 얼마나 보호할 수 있는지, 내가 편하게 쓸 수 있는지를 고려하면 된다. 겉감이 날카로움에 잘 찢어지지 않는 소재인지 열에 녹지 않는 소재인지를 반드시 확인하라. 착용 시 땀 흡수력도 살펴볼 필요가 있다. 바지는 기성복에서와 마찬가지로 신축성을 따져보아야 한다. 작은 불편이 큰 사고의 원인이 될 수도 있다.

3. 마음에 드는 디자인을 고르자.

색상부터 주머니의 위치, 수납력 등을 꼼꼼히 살피자. 개인적인 기호가 그날의 노동 컨디션을 좌우할 수도 있다. 단체 유니폼인 경우, 디자인이 기업의 정체성과 조직 시스템을 상징한다.

실용성만 올스탯 찍은 안전화

처음 일할 때는 안전화를 신는 게 싫었다. 성수동에서 일할 때의 감각이 남아 있어서 그런지 그냥 고집스럽게 내 운동화를 신었다. 어떤 걸 보더라도 집에 굴러다니는 운동화보다 예쁘지 않았기 때문이었다. 나에게 안전화는 고된 일용직의 상징이자, 개성을 지워버린 단체복과도 같았다. 아무리 잘 쳐줘도 그저 그런 무난한 신발이었다. 지금은 어떻느냐고? 티뷰크T·Buc 안전화를 부지런히 잘 신고 다니는 중이다.

그렇다. 안전화는 예쁘거나 세련되지 않다. 아저씨들이 줄기차게 신고 다니는 저렴한 등산화 느낌이 난다. 하지만 안전화의 입장에서 보자면 억울한 부분이 있다. 내가 이렇게 생기고 싶어서 생긴 줄 알아? 짐작하겠지만 안전화는 일반 운동화와 달리 기능적인 특별함을 지니고 있다.

안전화는 패션을 위해 신는 것이 아니다. 오로지 안전과 편의성을 위해 신는다. 크게 분류해보자면, 앞에 철 프레임이 있는지 없는지를 본다. 앞발의 철 프레임(스틸토캡)은 발이 물건에 찍히는 것을 방지해주어 주로 무거운 물건을 드는 작업자에게 좋다. 철 프레임이 없는 안전화는 경량화를 추구하는데 대부분 이동이 많은 작업자들이 신고 다닌다. 철 프레임이 달린 안전화는 군화를 생각하면 된다.

안전화는 소모 속도가 빠르다. 우리가 사면 공공 화장실도 안 가고, 집에 오는 즉시 뽀득뽀득 닦는 에어 조던과 달리 안전화는 거침없이 사용된다. 반복되는 행동에 발밑 쿠션은 망가지고 앞부분은 너무 구부려서 너덜너덜해진다. 내가 거래하는 몇몇 회사들은 한 달에 한 번은 꼭 직원들의 안전화를 교체해준다. 어쩌면 작업자를 생각하는 기업의 작은 복지 중 하나라고 보면 되겠다.

기업에서 주기적으로 안전화를 구매하는 이유는 가격에 있다. 안전화는 가격이 저렴하다. 5~20만 원까지 있는 일반 운동화와 달리 안전화는 2~5만 원 정도의 가격대에서 충분히 구입할 수 있다. 안전화 브랜드는 K2, 네파 같은 아웃도어 브랜드에서도, 휠라에서도 만들고 있다. 이외에 지벤, 티뷰크 같은 안전복, 안전잡화 브랜드들이 안전화를 생산하고 있다.

TIP

안전화는 어떤 기준으로 골라야 할까?

1. 철 프레임의 여부: 물건을 들 때 발등을 이용해서 힘을 줄 수 있다. 발가락 부상을 막아준다.

2. 발바닥 쿠션감: 무거운 물건을 들고 오래 걷다 보면 쿠션이 얼마나 중요한지 알 수 있다.

3. 발목 길이: 4인치인지 6인치를 살펴보아야 한다. 발목을 가리는지의 여부인데 여름에는 4인치, 겨울에는 주로 6인치를 사용한다. 6인치 안전화는 그만큼 무거울 수 있으니 주의하자.

4. 매듭 방식: 끈으로 묶는 형태인지, 벨크로 접착식인지 끈이 자주 풀리는 안전화는 자칫하면 안전사고를 일으킬 수 있다.

5. 통풍: 바람이 잘 통하는지를 살피자. 작업을 하다 보면 발에 땀이 빨리 차고 벗었을 때 냄새가 진동할 수 있다. 안전화 양쪽에 통풍 구멍이 있는지, 통풍이 잘되는 소재인지 살펴봐야 한다.

이 다섯 가지 항목만 확인하면 가성비 좋은 안전화를 선택할 수 있다. 물론 등산화나 '팀버랜드', '닥터마틴' 같은 브랜드 워커가 안전화를 대신할 수 있지만 그래도 위의 다섯 가지가 충족되는지 따져보도록 한다. 안전화는 패션에 앞서 무엇보다 착용자의 편의와 안전을 보장해야 한다.

코로나19의 파수꾼, 마스크

코로나19가 창궐했던 2월, 마스크 문의가 참 많이도 들어왔었다.

"어떤 마스크를 써야 하느냐?" "이 마스크는 어떠냐?" "KF랑 덴털 마스크 중에는 어떤 게 좋으냐?" 등등. 나는 항상 성실하게 대답했다. 하지만 결국에는 얼마나 오랫동안 착용할 수 있는지가 가장 중요하며, 장시간 착용하는 데 부담이 없어야 한다고 강조했다. 나는 착용감과 편의성주의자이다. 제품의 성능도 성능이지만 사용자의 몸에 불편 없이 맞는지가 더 중요하다고 본다.

가령, 마스크 착용이 일상화된 오늘날 KF 마스크는 착용감이 더욱 중요해지고 있다. KF 시리즈 마스크는 KF80, KF94, KF99가 있는데(지금은 KF-AD까지) 숫자가 높아질수록 미세먼지 차단율이 높기 때문에 재질이 더 밀도 있는 경우가 많다. 그래서 숨 쉬기가 어렵다. (언제 한 번 KF99를 썼다가 정신이 아득해지는 위험을 느꼈다.) 즉, KF99를 쓰면서 한 시간에 다섯 번 벗을 바에는 KF94를 쓰면서 두 번 벗고, KF80을 쓰면서 한 번만 벗으면 그게 그거 아닐까? 이 자주 벗는 행동은 착용감이 좋지 않아서일 테고. (실제로

KF94, KF99는 호흡하기가 어려워서 어린이, 노약자에게 권장하고 있지 않다.) 결국에는 지금 어떤가? KF 시리즈보다는 덴털 마스크, 끈 달린 제품들이 나오고 있다. 그렇게나 열심히 쓰던 KF94 마스크가 답답하다고 난리다. 여름에는 여름용 마스크라고 해서 얇고 통풍 잘 되는 제품을 출시했었다.

착용감이 중요해지는 기준은 지속성에 있다. 한 번이 아니라 매일 몇 번, 한 달에 몇 번 사용하느냐에 따라 착용감이 중요하다. 마스크도 코로나19가 터지기 직전에는 굴러다니던 걸 집어서 사용하는 그런 존재였다. 그런데 지금은 주변에 물어보니 KF94 마스크조차 다들 좋아하는 브랜드가 있고, 마스크걸이끈, 여름용 등 베리에이션이 많더라.

결국 몸에 익어야 한다는 뜻이다. 기술자는 본격적으로 수익을 창출하는 업무를 뛰게 되면 자신의 공구, 산업용품 세트를 맞춘다고 한다. 물론 여기저기서 추천받은 공구 라인을 맞추기도 하지만, 우선 자신의 손에 익는 브랜드를 찾는다고 한다. 무조건 비싸거나 성능이 좋은 제품이 아닌 나의 손에 익을 제품을 찾는 것이다. 늘 똑같은 축구화를 신는 메시, 똑같은 테니스 채를 사용하는 로저 페더러처럼 프로 기술자들도 특정 제품이 아니면 작업의 효율이 떨어진다고 한다. 어떤 경우는 작업장에서 자신의 공구가 없다고 하면 주변에서 빌리지 않고 집에 가서 갖고 온다고.

그래서 공구상의 입장에서는 기술자들에게 손에 익을 만한 제품을 추천해줘야만 한다. 고객처마다 기존에 쓰던 제품 리스트를 가지고 있고 여기서 개선된 모델이 출시되면 추천해준다. 또한, 기존 고객과 비슷한 성격의 신규 고객이 문의하면 같은 제품으로 추천하기도 한다. 반대로 공구상은 기술자의 불편한 점도 알고 있어야 한다. 기술자는 이리저리 모험을 하다가 마침내 보물섬 라프텔을 찾을 밀짚모자 해적단처럼 공구도 써보고 버리고를 반복하여 나에게 맞는 제품을 찾아야 한다. 그걸 도와주는 게 공구상이다.

이와 별개로 공구, 산업용품을 처음 접하는 일반인은 직접 공구, 산업용품을 만져보는 습관을 가져야 한다. 드라이버라면 직접 손에 쥐어서 무게와 그립감을 따져보고, 장갑이라면 조물조물 만져가면서 탄력성과 두께를 확인해봐야 한다. 평소 우리가 옷을 보러갈 때도 거울에 가까이 대보기도 하고 탈의실에서 몇 번이라도 입어보는 것처럼 공구, 산업용품도 나만의 핏을 위한 끊임없는 실험이 필요하다.

나는 매일 면도를 한다. 그래서 안 써본 면도기가 없다. 절삭력, 손의 그립감, 날의 개수 등 여러 요소를 따져보며 글로벌 기업부터 스타트업 구독 제품까지 다 써봤다. 그렇게 해서 나에게 맞는 면도기를 찾아 아주 잘 쓰고 있고 남들에게 추천해주고 있다. 어느덧 면도기라는 제품군에 통달해 있고, 자신 있게 의견을 말할 수 있는 은밀한 기쁨이 있다. 이 단순하고도 명료한 쾌감을 소비자들이 알고 차차 공구와 산업용품에도 적용했으면 좋겠다는 마음이다. 잠깐 다른 이야기로 새어나갔는데 다시 돌아가서, 마스크의 종류를 좀 살펴보자.

마스크는 제조를 어떻게 했느냐의 차이라기보다는 어디서 인증을 어떻게 받았느냐에 따라 종류가 나뉜다. 어느 국가에서, 어떤 기관에서, 어떻게 평가받았는지에 따라 달라지는데 크게 덴털, 미세먼지, 산업용 마스크 세 가지로 나뉜다.

덴털 마스크

말 그대로 의료용으로 쓰이는 마스크이다. 이 마스크는 외부 환경으로부터 입을 보호하기보다는 구강의 이물질이 외부 환경으로 튀지 않게 하는 역할이 더 크다. 그래서 비말로 감염되는 코로나19 바이러스를 예방하는 역할로 쓰이기에 충분하다고 한다. 가격도 저렴하기 때문에 하루에 한 개씩 쓰기에 딱 좋다.

미세먼지 마스크(KF 시리즈)

한국 식품의약안전처에서 인증한 마스크로 황사 마스크, 미세먼지 마스크라는 명칭으로 우리에게 가장 친숙하다. Korea Filter 인증으로 KF80/94/99가 있다. 요새는 KF-AD라고 하여 비말용 마스크가 따로 출시되고 있다.

KF-AD: 비말 차단용 마스크

\\\

KF80: 0.6㎛ 크기의 입자를 80% 거름.

KF94: 0.4㎛ 크기의 입자를 94% 거름.

KF99: 0.4㎛ 크기의 입자를 99% 거름.

만약에 비말 차단용을 제외한 위의 세 가지 중에 어떤 마스크를 써야 효과적이냐고 묻는다면 딱히 무어라고 집을 것 없이 모두 효율이 좋다. KF94, KF99의 경우는 숨이 막혀 머리가 어지러울 수 있기에 자주 벗어줘야 한다. 노약자와 어린이들은 KF94, KF99가 오히려 더 위험할 수도 있다. 이럴 바에야 조금 숨쉴 만한 KF80을 착용하는 걸 추천한다. 비슷한 마스크로는 미국 국립산업안전보건연구원NIOSH에서 인증받은 N95 마스크가 있는데 꽉 막힌 컵형인 데다가, 귀걸이 형이 아니라 불편하다. 추천하는 브랜드는 크린탑, 우리나라에서 최초로 KF 인증을 받은 마스크이다. KF 시리즈 마스크는 안전용품을 만드는 업체 것을 사는 게 좋다고 생각한다. 코로나19 이전에 황사 이슈 이전부터 마스크를 만들어온 기업들인 데다 무엇보다 팔은 안으로 굽는 법이니까.

산업용 마스크

말 그대로 생산 현장에서 쓰이는 마스크이다. 분진, 흄(용접할 때 생기는 중금속 소립자), 유해가스 등을 막아줘야 해서 KF 시리즈보다 더 까다로운 인증 절차를 거친다. 한국산업안전보건공단KOSHA

에서 분진 포집 효율, 안면부 흡기 및 배기 저항, 누설율 등 14개의 실험 항목으로 인증한다. 이렇게 하여 확인된 성능 80퍼센트 이상은 2급, 94퍼센트 이상은 1급, 99퍼센트는 특급으로 분류한다. 네 가지 항목으로 인증받는 KF 시리즈보다 인증 절차가 까다롭기 때문에 국내에 방진 마스크를 생산하는 기업이 얼마 되지 않는다. 끝판왕은 역시나 3M이며 크린탑이나 유한킴벌리도 인기가 꽤 좋다.

덴탈, 미세먼지, 산업용 마스크 중 어떤 것을 써야 하냐고 묻는다면, 딱 집어주기가 어렵다. 가격도 천차만별이고, 여과율이 높은 마스크일수록 또 숨 쉬는 게 어렵다. 우선 내가 착용하기에 가장 편안한 마스크를 찾자. 사람마다 골격의 형태가 다르고 안면 근육의 움직임도 다르기에 하루 중 대부분의 시간을 착용해야 하는 마스크의 선택에 신중을 기하는 것이 좋다. 귀를 덜 잡아당기고, 숨 쉬기 편하고, 자국도 남지 않는 마스크를 사용하자. 바람이 너무 통하지 않으면 피부 트러블이 나기 십상이다. 다들 사용해봐서 알겠지만, 아무리 좋은 마스크라도 내가 불편하게 되면 1분도 쓰기 싫더라.

안전의 기본, 면장갑

장갑은 산업용품 정기 배송의 단골손님이다. 면장갑, 반코팅 장갑, 팜parm장갑 등 세세한 현장 사정에 맞춰 장갑 패키지가 매달, 매주 납품된다. 처음에 현장에 딱 알맞는 장갑이 들어가는 건 아니다. 현장자와 구매자, 공구상이 모여서 기능, 예산, 수량을 거듭 조율해가며 장갑을 바꿔가며 해답을 찾아간다. 그중 가장 많은 비율을 차지하는 장갑이 면장갑이다. 면장갑은 박스 안에 공기밥처럼 꾹꾹 담겨 한 1톤 트럭에 몇천 개부터 몇만 개까지 대량 배송되는 산업용품이다. 언제나 어디든지 누구나 사용하는 보편적인 특징이 있는 산업용품 중 하나가 바로 면장갑이다. 면장갑은 모든 장갑의 기본이다. 목장갑이라고도 불리는 이 장갑에서 시작하여 라텍스 코팅이 반쯤 발라지고(반코팅), 전체로 발라지고(완코팅), 두 번 발라지고(이중 코팅), 섬유 재질이 변화하면서 다양한 종류의 장갑들이 탄생하게 된다. 장갑계의 오스트랄로피테쿠스라고 부르면 될까?

면장갑은 크게 면직물의 두께를 가리키는 수(番手), 무게를 나타내는 그램에 따라 나뉜다. 수는 면장갑이 구성되어 있는 섬유의

굵기, 그램은 장갑의 중량이 되는데 수가 올라가고, 그램이 올라가면 두꺼워진다. 얇으면 라텍스처럼 착착 붙는 감이 있으나 위험하고, 두꺼우면 외부 물질에 안전하지만 움직임이 둔해진다. 내 고객처에서는 45/50/55g을 사용하는데 다른 곳에서는 35/40g도 많이 쓴다고 하더라. 또한, 게이지(대문자 G)로 나타내기도 하는데 게이지는 1인치 편직에 들어가는 바늘 수로 숫자가 커지면 더 얇은 실로 직조되어 촘촘해진다.

면장갑은 말 그대로 면(또는 폴리에스테르와 혼용)으로만 제작되었기에 게임 튜토리얼에서 주는 아이템처럼 기능이 한정되어 있다. 바깥의 여러 환경에서 어느 정도 지켜주기만 하는 역할이다. 등갈비 발라먹을 때 면장갑 위에 비닐장갑을 끼는 것처럼 면장갑 위에는 항상 다른 특수 장갑을 더 껴서 기능을 강화해야 한다. 가끔 면장갑이 반코팅 장갑보다 기름이 묻는 작업에는 좋다고는 하나 결국 기름을 먹기 때문에 좋지는 않다. 미끄럽지 않은 대신 손에 기름이 묻는 조삼모사 같은 상황이랄까.

면장갑을 육각형 스탯으로 그려보면 작은 정육각형이 만들어질 것이다. 적당히 따뜻하며 적당히 외부 물질을 막아주고 뭐든 적당히, 아니면 그보다 낮게 기능이 하향되어 있다. 그럼에도 불구하고 일상에서 면장갑이 가장 많이 쓰이는 이유는 우리가 흔히 보는 일상 작업들이 모두 기본 면장갑의 기능 안에서 해결이 가능하기 때문이다. 게다가 가격도 몇백 원 단위이니 경제적 효율이 대단하다. 천원숍에서 파는 장갑을 보고 '왜 이렇게 비싸?' 하고 생각하게 될 정도이니까. 일회성이라는 점도 면장갑 사용에 한몫했다. 티슈처럼 한 번만 쓰고 깔끔하게 쓰고 버리기 때문에 재사용할 여지가 있는 다른 장갑보다는 좀 더 거칠게 다룰 수 있다. 선반 위의 먼지를 한 번 슥 닦을 때 쓰는데 새카만 먼지가 장갑에 묻어나오는 걸 보면 바로 버려야겠다는 충동이 든다. 또 면장갑은 하루하루 바꿔 쓸 때마다 새로운 기분을 들게 한다. 같은 장갑을 다음 날에도 계속 끼면 못내 찝찝한 업무의 연장선 같은데 면장갑을 새로 끼면 몸을 씻고 출근하는 아침과 결을 같이하며 확실히 리프레시가 된다.

이렇게 기능이 흐물흐물한 최약체 면장갑이 존재하는 이유는 문화적인 측면에도 있다. 우선 끼기만 하면 '나는 이렇게 안전에 유의합니다'라고 말해주는 그 상징성에 있다. 꼭 장갑을 끼고 무언가를 만지지 않더라도 끼는 행위 자체가 작업환경을 인식했다는 뜻이다. 면장갑은 기능으로만 봤을 때는 한계가 많지만, 경제성과 대중성이 있어 사용이 많은 산업용품이라는 생각이 든다. 어쨌든 가격도 싸서 버리기가 쉽고, 끼는 것만으로도 안전을 신경 쓴다는 사용자의 마음을 보여주니 아마도 계속 오래가지 않을까. 어쩌면 우리가 입는 옷과 가장 재질이 비슷하여 피부가 받아들이는 친숙함 때문에 더 자주 쓰는 건 아닐까? 이 몇백 원짜리에 참 여러 가지 잡념이 든다.

면장갑 다음으로 잘나가는 장갑은 반코팅 장갑이다. 작업용 장갑의 기본이 된 지 오래다. 면장갑은 물건을 잡기 미끄럽고, 물에 바로 젖어버리기까지 하니 의전용으로 전락했고, 이제 빨간 반코팅 장갑이 가장 널리 쓰이는 작업 장갑이 되었다. 코팅 장갑 역시 종류가 많은데 어떤 환경에서, 어떤 작업을 하느냐에 따라서 장갑의 쓰임이 다르다.

무언가 본격적인 작업을 앞두고 있다면 면장갑을 추천하지는 않는다. 손에 직접적으로 무언가가 묻지 않게 한다는 점 말고는 특징이 없는 플레인 요쿠르트 같은 장갑이라고 생각한다. 이 면장갑에 어떤 기능을 추가했느냐에 따라서 장갑의 종류가 다양해지는데 대부분 고무 재질을 코팅하는 것부터 시작한다.

반코팅 장갑

빨간 반코팅 장갑이 가장 기본이고, 청코팅, 백코팅, 황코팅이 있다. 빨간색 다음에 가장 많이 쓰는 게 흰색 백코팅 장갑이다. '빨리 더러워지는데 어떻게 백색을 쓰지?' 생각할 수 있는데 백코팅 장갑은 실제 사용 중 오염도를 확인하기 위해 쓰기도 한다. 어두운 색을 썼다가는 이미 걸레짝이 되었는데도 꾸역꾸역 장갑을 쓰는 자신을 볼 수 있다. 누구에게나 구두쇠의 잠재력은 존재한다. 반코팅 장갑은 어떻게 코팅되어 있느냐에 따라 도트 장갑으로 구분되기도 한다.

이중 코팅 장갑

반코팅 장갑으로 부족할 때가 있다. 아무리 코팅을 했어도 장갑 속으로 이물질이 들어올 수 있는데 이때는 이중 코팅 장갑을 끼면 된다. 반코팅 부분에 한 번 더 코팅을 한 것으로 빳빳하고 튼튼하다. 이중 코팅 장갑은 가끔 전문성의 구별에 활용되기도 한다. 팀원이 반코팅 장갑을 쓰면 팀장급은 이중 코팅 장갑을 쓴다든지 해서 조직의 역할과 책임을 나누는 경우도 있다.

완전 코팅 장갑

손바닥 부분만 코팅이면 반코팅 장갑, 손바닥, 손등까지 모두 코팅되어 있으면 완전 코팅 장갑이다. 반코팅 장갑보다 방수도 좋고, 시간에 따른 감가상각이 적다. 다만, 완전 코팅은 조금 답답할 수 있고, 손등에 땀이 많이 차는 사람은 불편할 수도 있다.

또 색다른 장갑을 찾는다면 다음의 장갑도 추천해드린다.

PU 코팅 장갑(PALM, TOP)

내가 가장 많이 쓰는 장갑이다. 일반 사람들이 의외로 모르는 장갑이기도 하다. 폴리에스테르 장갑에 폴리우레탄 코팅을 한 장갑이다. 이중 코팅 장갑과 가격은 비슷하고, 내구성이 좋고, 보다 섬세한 작업이 가능하다. 면장갑 계열보다 뭔가 패셔너블하기도 하다. NBR 장갑을 단체가 쓰기 부담스럽다면 이 장갑을 활용하면 된다.

NBR 장갑

니트릴 부타디엔 고무^{nitrile-butadiene rubber}가 코팅된 장갑으로 팜장갑보다 상위 호환이다. 팜장갑보다 내구성도 좋아서 일반 소비자들도 자주 사용한다. '3M' 같은 글로벌 기업부터 '송죽글러브', '크래프트가이' 같은 국내에도 NBR 장갑을 잘 만드는 브랜드가 많다. DIY 작업을 하려는 개인이 있다면 NBR 장갑을 구매하는 걸 추천한다.

PVC 장갑

폴리염화비닐(PVC) 재질로 된 장갑이다. PVC로 만들어진 장갑이 한두 개가 아니긴 한데 여기서 말하는 건 두껍게 만들어진 장갑으로 상위 호환으로 화공 약품, 유해 물질을 만지는 데 사용한다. 라텍스 장갑 위에 고무장갑, 고무장갑 위에 PVC 장갑이 있다. 내화학(耐化學), 내오일 장갑으로 불린다.

용접 장갑

말 그대로 용접할 때 쓰이는 장갑이다. 뜨거운 물건을 만지는데 쓰이기 때문에 주로 두꺼운 소가죽, 인조가죽으로 만들어진다. 합성 소재는 자칫하면 녹을 수 있기 때문이다. 최근 반려동물 문화가 자리 잡으면서 대형견 훈련에서 많이 쓰이고 있다. 두껍기 때문에 날카로운 동물의 이빨로부터 손을 보호해줄 수 있다.

충격(진동) 방지 장갑

공구상들 사이에서는 '스피드왕 번개 장갑'이라고 하는데 손에 강한 충격이나 진동을 막아주는 장갑이다. 망치질, 해머 드릴질을 할 때 손에 진동이 그대로 전해져 오는데 오랫동안 작업하다보면 손이 얼얼하다. 이때 이 장갑을 껴주면 된다.

방열 장갑

뜨거운 걸 만지게 해주는 장갑이 용접 장갑이라면 방열 장갑은 뜨거운 열을 막아준다. 고열이 발생하는 작업장에서는 가까이만 가도 살이 타들어갈듯이 아픈데 이러한 고통을 막아준다. 겉이 은박 처리가 되어 있는 게 특징이다.

제전 장갑

탄광, 주유소처럼 어떤 작업 현장은 정전기가 큰 화재, 폭발 사고를 일으킨다. 그래서 정전기를 방지해주는 제전 장갑을 착용한다. 특수 소재의 제전 장갑이 있기도 하고, NBR 등 몇몇 장갑에 제전 기능이 들어 있기도 하다.

베임 방지 장갑

칼이나 가위를 쓰는 작업에서 쓰는 장갑이다. 실수로 절삭공구에 살이 베이는 위험을 막아준다. 주로 케블라 소재를 사용한다.

케블라 장갑

듀폰^{Dupont}사에서 개발한 케블라^{Keblar}라는 소재로 만든 장갑으로 내열(방열은 살짝 다르다) 및 손 베임을 막아주는 장갑이다. 케블라 소재는 현존하는 섬유 중에 가장 강한 섬유로 알려져 있다.

라텍스, 니트릴 장갑

흔히 우리가 수술용 장갑이라고 떠올리는 그것이 라텍스 또는 니트릴 장갑이다. 가장 기본인 면장갑에서 민첩한 행동을 위해 두께를 줄이고, 미끄러지지 않게 만들면 라텍스 장갑이 된다. 그래서 수술, 미용, 요리 등 섬세한 작업에 쓰인다. 심지어 수리용, 건설용으로도 쓰인다. 손이 건조해 면장갑에 의해 손의 습기가 쉽게 제거되는 사람이 쓰기에 좋다.

라텍스와 니트릴 장갑의 차이는 뭘까? 간단히 말해서 라텍스는 천연고무이고 니트릴은 라텍스에 니트릴 소재를 더한 것이다. 라텍스 장갑은 자연 분해가 되기에 친환경적이지만 기본적으로 열, 불, 산에 약하다. 또 전 세계에 20~25퍼센트의 인구가 라텍스에 알레르기 반응을 일으킨다는 단점이 있는데 이를 보완한 장갑이 니트릴 장갑이다. 라텍스 장갑보다 열, 불, 산, 찢김, 알레르기에 강하다. 그러므로 검색창에 라텍스보다는 니트릴 장갑으로 검색어를 넣는 게 더 좋다.

니트릴보다 현저하게 스펙이 안 좋은 라텍스는 대체 어디에 사용될까? 1백 퍼센트 천연 라텍스 소재로 젖병, 콘돔 등 신체에 민감하게 닿는 위생용품을 만드는 데 쓰인다. 위생용품에는 라텍스 장갑이 쓰이지만, 그 외의 활동에는 주로 니트릴 장갑이 쓰인다. '천연 라텍스'라는 키워드는 '친환경' 제품, '청결'한 제품을 다룰 때 항상 빠지지 않는다.

라텍스와 니트릴을 구분할 줄 안다면 이제 용도를 살피고 나에게 맞는 것을 찾아 선택해야 한다. 이때 중요한 게 바로 '인증'이다. 라텍스(또는 니트릴) 장갑을 안전하게 쓰려면 어떤 인증을 거쳤는지 확인해야 한다. 특히 의료용이 그렇다. 또 요리용으로 사용할 때는 반드시 식품용 인증 확인을 해야 한다.

라텍스(또는 니트릴) 장갑은 아무것이나 수술용으로 활용될 수 없다. 의료용 인증을 받아야 하는데 크게는 의료 기기 인증과 수술용 인증이 있다. 의료 기기 인증은 이 장갑이 의료 기기의 일종이라는 것을 인증받았기 때문에 단순 진료에도 쓸 수 있다. 하지만, 수술용은 신체에 극도로 민감하게 작용할 수 있기 때문에 멸균, 항균성등 식약처의 인증을 엄격하게 받아야 한다. 의학 드라마 속에서 김명민 배우가 끼는 그 수술용 장갑 역시 알고 보면 꽤 엄격한 절차를 거친 멋진 장갑이다.

식품용 인증은 식약처의 유사기관 한국건설생활환경시험연구원(KCL), SGS Korea 등 제품 인증 기관을 통하여 적합한 기준을 통과해야 식품용으로 사용 가능하다. 이외에 범용 라텍스 장갑은 ISO 인증과 원산지를 확인하는 것만으로 충분히 괜찮은 제품을 고를 수 있다. 개인적인 생각으로는 ISO 인증이 마지노선이다. 아무런 인증도 없다면 가격이 저렴하더라도 사용하지 말자. 라텍스는 크게 고민 말고 이름 있는 브랜드를 사용하면 된다. 가드맨, 유한킴벌리, 코레카 등이 좋다.

이 밖에도 손을 보호해주는 아주 다양한 장갑이 있다. 공장에서는 일반적으로 한 가지 장갑만 주문하지 않는다. 면장갑, 반코팅 장갑, 팜장갑 등을 골고루 써서 작업자에게 안전한 환경을 만들어주려 노력한다. 거래처의 현장 지원을 나가 면장갑만을 쓰던 작업자들을 보고 다른 장갑을 써보면 어떻겠느냐고 제안하는 경우가 더러 있다. 무작정 저렴한 장갑을 오래 쓴다고 해서 좋은 건 아니다. 질 좋은 제품을 써서 안전사고를 줄이고, 생산력도 향상시키는 적극적인 투자가 장갑 분야에도 필요하다고 생각한다.

테이프와 친해지기

현대사에서 최고의 발명품 중 하나는 테이프가 아닐까 싶다. 접착제가 묻은 종이로 분리된 두 제품을 연결하는 행위에서 태어난 테이프는 모양과 기능이 클래식하게 유지되며 꾸준하게 쓰이는 일상의 스테디셀러다.

가끔 테이프를 구매할 때면 뒤에 사이즈가 쓰여 있을 때가 있는데 사이즈 보는 방법은 간단하다. 대부분 세 가지 사이즈를 나타내주는데 두께(폭)길이를 보면 된다. 두께는 일반적으로 육안으로 차이가 나지 않아 크게 신경 쓰지 않아도 되고 폭을 살펴볼 것. 일반 택배용으로 쓰이는 테이프는 48~50밀리미터이며 우리가 쓰는 스카치테이프는 24밀리미터이다. 우리가 일상에서 쓰는 테이프는 접착력, 소재에 따라 매우 다양하다.

청면 테이프

미국에 덕트 테이프가 있다면 우리나라에는 청면 테이프, 청 테이프가 있다. 누구나 한번쯤은 청 테이프로 다리털을 없애는 시도를 해봤을 거다. 그만큼 청면 테이프는 접착력이 좋다. 게다가 가위가 없어도 손으로 쉽게 찢어 사용하기 좋다. 다만, 부착 후 오랜 시간이 지나 떼면 끈적거리는 자국이 남을 수 있고, 외관상 안 예쁠 수도 있다는 게 흠. 그래도 비상시에 헐레벌떡 테이프를 찾을 때면 가장 사랑받는 테이프임에는 변함이 없다.

OPP 테이프

우리가 흔히 보는 투명 테이프를 OPP 테이프라고 생각하면 된다. 연신 폴리프로필렌이라는 성분으로 만들어진 OPP 테이프는 일상에서 가장 많이 쓰인다. 접착력도 좋고 색깔도 다양하기 때문에 청 테이프와 달리 커스터마이징이 가능하다. 하지만, 사용할 때 커터기나 가위가 없을 때는 날카로운 앞니가 필요하다. OPP 테이프는 덕성, 성우, 청우 등 우리나라에 잘 만드는 기업이 많다.

절연테이프

전선에 감겨 있는 검은색 테이프가 바로 절연테이프다. 폴리염화비닐, PVC로 만들어지는 이 테이프는 절연 효과가 뛰어나 전기공사에서 대부분 쓰인다. 단점은 쭉 엿가락처럼 당겨야 끊어지기 때문에 가위가 필요하고 원형 물체에 감는 용으로나 적합하지 틈새를 잇는 용도로는 별로다. 역시 PVC 테이프도 잘 만드는 국산 기업이 많다.

테프론 테이프

닌텐도 게임 '슈퍼 마리오'가 좀 더 현실 고증이 되어 있다면 아마 테프론 테이프가 게임 내 아이템으로 등장하지 않았을까? 배관 공사의 필수 아이템이다. 배관의 나사선에 감아 붙여 이음새에서 물질이 새는 것을 막아준다. 테프론은 가격도 저렴하고 요새 좋은 품질의 제품을 생산하는 기업도 많아 집에 하나쯤 두는 것도 나쁘지 않다.

마스킹 테이프

흔히 종이 테이프라고 부르는 게 이 마스킹 테이프다. 페인트나 몰딩 작업 시 이물질이 묻지 않아야 하는 곳을 덮어놓아야 하는데 이때 마스킹 테이프가 쓰인다. 물질이 테이프에 스며들어 묻지 않게 하고 뗐다 붙였다가 자유자재로 가능한 것이 가장 큰 특징이다. 또한, 가위 없이 맨손으로 뜯어서 사용할 수 있다. 역시나 산업용품의 강자 3M이 품질이 좋고 널리 쓰이고 있다.

양면테이프

OPP 테이프와 더불어 일상에서 가장 널리 쓰이는 테이프다. 물건과 물건을 잇는 역할이라 접착력이 중요하다. 요새는 3M 같은 대기업에서 접착력이 좋은 양면테이프가 많이 나오고 있다. 양면테이프는 점점 벽 타공의 대체안으로 끊임없이 발전 중이다.

실리콘 테이프

투명 실리콘 재질에 빼어난 접착력을 보여줘 방수, 틈새 차단, 인테리어에 쓸모가 많다. 다양한 두께와 길이, 단면과 양면이 있기에 필요에 따라 선택하면 된다. 재사용이 가능하고 부착한 곳에 흔적이 남지 않는다.

의료용 테이프

의료용 테이프는 의료용뿐 아니라 다른 분야에서도 유용하게 쓰인다. 마스킹 테이프의 성격을 가지면서, 탄력성이 있다. 무엇보다도 인체에 무해하다는 점에서 큰 메리트를 가진다. PVC 테이프와 마찬가지로 무언가를 돌돌 말 때 유용하다.

그 외에 호일 테이프, 동테이프, 스카치테이프(OPP 테이프의 미니 버전), 벨크로 테이프, 석면 그라스 클로스 테이프 등이 있다. 사실 이런 테이프들은 기술자들에게만 쓰이기 때문에 굳이 구하고 싶다면 공구 상가에서 발품을 팔아야 한다.

테이프 종류야 많이 알면 알수록 좋지만, 우선 응용력이 뛰어나야 한다. 내가 어떠한 작업을 앞두고 있고, 어떠한 환경에 놓여 있는지를 잘 파악하고 골라 쓴다면 테이프는 기본 기능을 넘어선 잠재력을 보여줄 것이다.

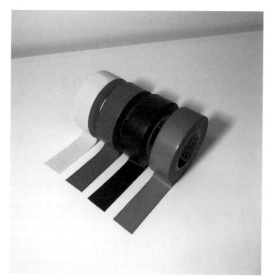

전선의 색에 맞게
고를 수 있도록
다양한 컬러로 출시되는
PVC 절연테이프.

토시는 미대생의 전유물이 아니고

공구상이라는 직업을 가지기 전에 나는 토시가 미술 학원에서만 쓰이는 줄 알았다. 팔레트, 붓, 앞치마와 더불어 미술 입시생의 필수템이 토시라고 생각했는데 알고 보니 현장에서 참 다양하게 쓰이더라.

토시는 요새 핫한 리사이클링 분야의 원조격이다. 저렴한 토시들은 옷을 재활용하는 경우가 많다. 시보리가 달린 옷소매를 잘라 내어 잘린 끝단에 고무줄을 넣어 봉제해주면 된다. 여기서 아무 재질로 만든 토시를 잡대라고 하는데 그 외에도 색깔과 소재별로 분류해서 묶음으로 판매하기도 한다. 야구 점퍼같은 걸로 만들면 언뜻 새것 같다. 내가 좋아하는 토시는 청색 능직으로 된 청토시로 열에 강하고 패셔너블해서 자주 끼곤 한다.

토시는 팔에 위험 물질이 닿지 않게 하는 역할이기 때문에 내가 어떤 물질에 노출이 되었나를 신경 써야 한다. 페인트 작업에는 간단한 재활용 옷 토시로도 충분하고, 용접 현장에는 면, 용접 토시나 청토시, 고열 작업에는 반짝이는 방열 토시를 착용한다. 최근에는 코로나19 방역 때문인지 부직포 토시가 그렇게 잘 나갔다. 여름에 현장자들이 가장 많이 찾는 최애템인 쿨토시도 있다. 쿨토시는 햇빛을 막아주면서 팔을 붕붕 휘두를 때 아주 시원하다.

예전과 달리 인터넷을 조금만 뒤져 보면 참 예쁜 토시가 많다. 토시도 안전용품을 넘어서 패션 아이템의 하나로 취급된다는 느낌이 머릿속에 강해진다. 언젠가 토시가 모자, 장갑과 같은 패션으로 취급받지 않을까? 패션위크나 패션 잡지에 누가 당장 럭셔리한 토시를 차고 나왔으면 좋겠다. 아니면 패션계의 셀럽이 파리 한복판에 토시를 차고 등장하든지.

소중한 눈을 위해, 보안경

평소에 트위치에서 'zoodasa'라는 스트리머의 방송을 본다. 늦은 밤부터 다음 날 아침까지 방송하는 그는 다른 스트리머와는 다른 특이한 콘셉트를 가지고 있는데 절대 말을 하지 않고 제스처로 표현하거나 스케치북에 글을 써서 팬들과 소통하고, 보안경을 쓰고 있다. 이 98년생의 스트리머가 안전용품에서 패션용품으로 보안경의 이름을 알리는 데 한몫했다.

산업용 고글이 패션계에서 유행인가 보다. 스트리트 패션에 투명한 고글을 착용한 인플루언서의 사진이 인스타그램에서 자주 눈에 뜨인다. 쇳소리가 나는 공업 현장에서 쓰는 고글이 패션 피플들이 즐겨찾는 아이템인 것이 뭔가 신기했다. 안전모와 보안경을 쓴 건장한 아저씨의 엄격하고 근엄하고 진지한 표정만 봐왔었는데.

보안경은 눈 보호구, 산업용 고글이라고 불리는데 다들 알듯 눈을 보호하는 안전용품이다. 산업형 고글은 우리가 생각하는 스키장 고글과 같은 형태다. 그래도 보통의 안경과 다른 점이 뭐지? 하고 의아할 정도로 단순하게 생겼는데 알고 보면 보안경에는 많은 보호 기능이 숨겨져 있다. 기능에 따라 보안경은 여러 종류로 나뉜다. 굵직하게는 '일반 보안경', '차광 보안경'으로 분류된다.

일반 보안경은 이물질을 막아주는 기본적인 형태로 목공 작업에서 튀는 톱밥, 철제 절삭 작업에서의 불똥을 막아준다. 튀는 이물질이 눈 이외에 피해를 준다면 보안면과 같이 쓰인다. 보안경이 일반 안경과 차이점을 보여주는 부분이 바로 차광 기능이다. 차광은 시야를 방해하거나 안구에 직접적으로 해를 끼치는 광선을 걸러주는 기능이다. 자외선을 막아주는 '자외선 보안경', 반사광을 막아주는 '편광 보안경', 레이저의 강한 빛을 막아주는 '레이저 방어용 보안경' 등이 있다. 차광 보안경은 주로 특수한 산업 현장에서 사용되는데 아크 용접, 산소 용접 등 작업에 따라서 쓰이는 렌즈가 다르다. 잠깐 번쩍거리는 빛은 괜찮지만, 이 빛을 매일 봐야 하는 기술자에게 차광 보안경은 무조건 필수다. 이 밖에 김 서림을 막아주는 안티 포그Anti-Fog, 시력을 고려한 도수 교정 보안경 등이 있다.

물론, 모양에 따라서도 나뉜다. 안경처럼 그냥 쓰는 형태, 콧대에 살짝 꼽는 클립형, 뒤통수에 고정시키는 고글형이 있다. 보안경 외에 다른 장비를 얼굴에 착용한다면 클립형, 눈을 밀폐시켜 보호한다면 고글형을 착용한다.

국내에서 보안경은 오토스가 꽉 잡고 있다고 해도 과언이 아니다. 오토스는 1981년부터 30여 년간 눈 보호구를 개발해온 업체로 세계적으로도 유명하다. 산업용품 분야를 전반적으로 지배하는 3M과 눈 보호구만큼은 비빌 수 있는 기업이 바로 국내 브랜드 오토스다. 보안경을 언제 착용해야 하냐고 물어본다면, 무슨 작업을 하든 간에 착용하는 습관을 가지면 좋다. 눈에 해를 가하는 작업이 따로 정해져 있지 않다. 항상 작업용 장갑, 안전모를 착용하는 이유와 같다. 작업 시에 손을 무조건 써야 하는 것처럼 눈 역시 특정 사물을 계속 주시해야 한다. 이물질이 튀는 바람에 놀라거나 눈을 감게 되어 일어나는 안전사고가 특히 많다. 예전에 잔가지 작업을 하다가 나뭇가지가 눈에 튀어 실명할 뻔했던 친구의 얘기를 들은 적이 있다. 실생활에서 활용도가 높고 가격도 비싸지 않으니 하나씩 마련해보자.

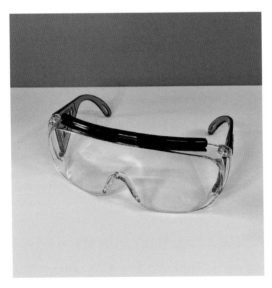

보안경은 가볍고
시야각이 넓은 것이 좋다.

소음 안전지대, 귀마개

나는 군 생활 25개월을 활주로에서 보냈다. 정확히는 전투기 날아 가는 곳이 아니고 이글루라고 해서 전투기 격납고에서 활주로로 올라가는 그 라인에서 일했다. 더 정확히는 무기를 장·탈착하는 정 비병으로 복무했다. 공군에서 가장 빡세다는 3D 보직―그 외는 헌 병과 취사병이 있겠다―이라고 은근히 자부하고 있다.

에어쇼를 가보면 나는 땅에 있고, 전투기는 저 위 하늘에 있는 데 전투기가 '슈웅~' 하고 지나가는 소리가 선명하게 들린다. 그 정도로 전투기 소리는 굉음, 폭음 중 1티어라고 불리는데 나는 군 생활 동안 바로 옆에서 전투기 소리를 들었었다. (이글루에서 시동 거는 소리, 날기 전에는 콰아~ 하며 더 큰 소리가 난다.) 이때부터 그전 까지는 한 번도 착용해본 적 없었던 귀마개를 항상 꼈었다. 이곳에 복무하는 군인들은 정기적으로 청력검사를 받아야 했고 간부 대 부분이 청력이 떨어졌던 걸로 알고 있다. 군 생활에서 귀마개는 굉 장히 소중한 물건이었다. 정비 작업에 들어가는데 귀마개가 없으 면 다시 사무실로 뛰어들어갔다.

귀마개는 크게 귓구멍에 장착하는 귀마개(이어플러그), 귀 전체를 덮는 귀덮개로 나뉜다. 대부분 귀마개를 먼저 착용하고 소음을 더 감쇄시키고 싶을 때 귀덮개를 낀다. 차음률[NRR, Noise Reduction Rating]이 중요하다. 차음률은 소음이 귀에 다 들어오지 않게 막아주는 비율, 수치라고 보면 되는데 차음률 수치가 높을수록 소음을 더 막아준다. 소음이 90데시벨이고 귀마개의 차음률이 20데시벨이라면 우리는 총 70데시벨의 소리를 들을 수 있다.

마스크와 마찬가지로 차음률보다 더 중요한 건 착용감이다. 착용감은 제품 착용 시간, 장•탈착 습관을 바꿔주기 때문에 여러 가지를 착용해보는 시도를 통해 나한테 맞는 제품을 찾아야 한다. 귀마개는 귓구멍에 억지로 밀어넣지 않아도 빠지지 않게 착용이 되는지 봐야 한다. 귀덮개는 귓바퀴를 완전히 덮는지, 최대로 늘렸을 때 사이즈가 내 두상과 맞는지를 봐야 한다. 헤드폰을 살 때랑 비슷하다. 귀마개는 일반적인 형태도 있고, 꽈배기 모양도 있고 그렇다.

귀마개는 다양한 브랜드에서 생산하고 있다. 가장 많이 쓰는 제품은 역시나 산업용품계의 원톱 3M이다. 우리에게 익숙한, 새끼손가락 두 마디 정도 되는 주황색의 그것이다. 이 밖에 국내외 다양한 기업에서 귀마개를 만들고 있는데 개인적으로는 국산 브랜드를 추천한다. 인종마다 귓구멍이나 귓바퀴 모양이 달라서 국산 브랜드는 아무래도 한국인에게 맞는 귀마개를 만들고 있다.

이동 만물상, 공구 가방

인터넷 설치 기사, 가전 설치 기사님들이 집에 방문하면 그분들을 유심히 살펴보는 습관이 있다. 우선 어떤 공구 브랜드를 쓰는지, 어떤 복장을 하고 있는지 그리고 마지막으로 어떤 공구 가방을 들고 오는지를 본다. 원체 백팩, 크로스 백 등 가방 사는 것을 좋아해서 나도 모르게 산업용품 가운데에서도 공구 가방에 남다른 관심이 간다. 공구 가방이래봤자 종류가 뭐 얼마나 있겠어? 하겠지만 은근히 취급하는 브랜드들이 많다.

공구 가방은 중요하다. 무엇보다 나의 물건을 분류하는 점이 가장 중요한 역할이다. 기술자가 많이 투입되는 대형 현장에서는 다른 사람과 공구가 섞이기 마련인데 이런 혼선을 막아준다. 실력을 가진 기술자일수록 자기만의 공구를 가지고 다니며 소중히 다룬다. 다른 사람이 쓰면 손맛이 섞여버려 기존에 잘하던 작업을 망치기도 하고, 하나만 잃어버려도 그날 할당된 작업을 못 할 수도 있다. 심지어 그 공구가 없어서 다시 집에 갔다 오는 사람도 있다고. 공구 전용 가방은 자기만의 물건을 패키징하게 도와준다.

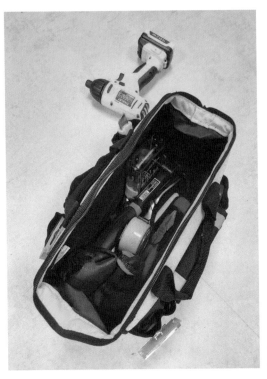

수납도 수납이거니와 이동할 때 매우 유용하다. 학생이 백팩에 교과서와 연필을 집어넣듯이 기술자들은 공구를 가방에 넣는다. 그리고 여러 현장을 다니면서 의뢰 들어온 작업들을 수행한다. 평소 다양한 작업을 하는 사람들은 차량에 갖가지 공구를 가지고 다니다가 현장에 필요한 공구만 가방에 챙겨가기도 한다. 이런 이동성을 고려하자면 공구 가방은 꼭 필요하다. 그렇다면 공구 가방과 일반 가방의 차이점은 무엇일까?

내구성

공구는 기본적으로 무겁다. 5백 그램 이상 나가는 공구 여러 개를 넣어 다녀야 하기에 튼튼하고 강한 재질로 만들어져야 한다. 또한, 한쪽 부분으로 과하게 무게가 쏠리지 않도록 프레임이 들어가야 한다. 가끔 몇몇 고객들은 작은 아령 등을 보관하기 위해 헬스용 가방으로 구매한다.

수납력

공구 가방은 주머니가 많다. 공구 간의 마찰이나 섞임을 방지하기 위해서이다. 섞이면 무거운 공구를 헤집어가며 필요한 공구를 찾아야 하고 가지고 다닐 때 공구 부딪히는 소리가 신경 쓰이기도 한다. 그래서 주머니가 많은 공구 가방일수록 좋다. 공구 가방은 적어도 10구 이상은 되어 줘야 펜치 종류는 정갈하게 꽂아 넣을 수 있다.

실용성

공구 가방은 실용성에 올스탯을 찍은 가방이다. 그래서 바케스형, 캐리어형, 스트랩형, 백팩형, 보스턴백형 등 기술자의 편의성에 맞춰서 다양하게 나오고 있다. (20리터 바케스형은 정말 내가 봐도 너무 괜찮더라.) 요즘은 점점 브랜드 컬러가 강해지면서 디자인도 좋게 나온다.

공구 가방은 앞서 잠깐 말했다시피 꼭 공구만 넣을 필요는 없다. 어떤 고객은 트레이닝할 때 쓰는 아령을, 캠핑 장비를 넣고 다닌다. 아마도 나한테서 공구 가방을 샀던 고객의 절반은 공구를 넣는 데만 사용하지는 않았을 것이다. 또한 공구 가방 안에는 패드가 있어 가방의 각을 잡아주는데 가방을 바닥에 놓았을 때 공구함처럼 놓이기 위함이다.

공구 가방은 디월트[Dewalt], 마끼다[Makita], 밀워키[Milwaukee] 등 유명한 전동공구 브랜드에서 예쁘고 고급스럽게 출시되고 있다. 이외에 터프빌트[Toughbuilt], 스타렉슨[Starexon] 등 안전 장비, 공구 가방을 만드는 브랜드도 있다. 무거운 공구를 많이 만드는 브랜드일수록 담는 케이스, 가방을 다양하고 견고하게 만든다. 이 정도 식견을 가졌으면 이제 자기 취향에 맞는 컬러, 디자인에 맞는 공구 가방을 찾아보면 된다. 공구 가방도 패션 아이템으로 소비될 날이 오기를 기다리며.

후레쉬 대신 LED 작업등

얼마 전에 타임 패러독스를 주제로 한 드라마를 보았다. 동굴을 통과하면 과거나 미래로 돌아가는 내용인데 각 시간마다 동굴을 밝히는 불이 달랐던 게 기억난다. 20세기 초에는 호롱불, 1980년대에는 벽돌 배터리가 들어가는 손전등, 2019년에는 스마트폰 라이트를 켜고 들어가더라. 동굴 탐험 영화에 횃불이나 커다란 호롱불은 식상한 클리셰에 불과한 걸까. 앞으로 모든 현대 영화에서는 불빛을 비추는데 스마트폰을 쓰겠지. 핸드폰의 가장 혁명적인 기능 중 하나를 뽑는다면 '후레쉬'를 고르겠다. 이 핸드폰 뒤에 달린 동전보다 작은 동그라미 하나가 전 세계 문화를 바꿨다. 가정 내에서 후레쉬를 보기가 어려워졌다.

정전이 났을 때 촛불을 켜거나, 입에 후레쉬를 물고 자물쇠를 뜯는 도둑의 모습, 라이터 불을 조명 삼아 콘서트를 즐기는 모습 등은 다 옛날 추억이 되었다. 따로 후레쉬를 들고 다니던 사람은 그럴 필요가 없고, 후레쉬를 잘 쓰지 않던 사람들도 핸드폰을 통해 플래시flash 기능이 얼마나 중요한지 깨닫고 능숙하게 사용한다. 그러나 이건 순전히 일반인의 눈으로만 본 거고, 기술자의 관점에서 손전등, 후레쉬 시장은 건재하다.

현장에서는 전문 손전등이 많이 쓰인다. 여전히 쓰이는 가장 큰 이유는 스마트폰 그 이상의 필요성에 있다. (플래시, 랜턴, 작업등, 손전등 등 다양한 이름으로 불리는데, 이하 '작업등'으로 통일한다.) 우선 더 밝아야 하고, 비추는 지역이 넓거나 비좁을 수 있다. 그래서 산업용 작업등은 밝기가 천차만별이며 밝기가 높아질수록 가격이 비싸진다. 어떤 작업등은 하나만 비췄을 뿐인데 그냥 사방이 대낮인 줄 알았다. 작업등이나 어떤 조명이나 가장 중요한 요소는 밝기인데 밝기는 루멘lumen이라는 단위로 측정한다. 루멘이 높을수록 빛이 더 밝고 환경에 따라서 더 넓은 지역을 환하게 비출 수 있다. 밝기가 중요할 수밖에 없는 게 넓은 현장에서는 무언가를 비추기보다는 그 환경을 고루 밝게 만들어야 하니 루멘이 높은 작업등이 현장용, 전문가용으로 출시된다. 루멘은 그렇다 쳐도 작업등의 세세한 경쟁력은 부가 기능에서 나온다. 자유자재로 굽히는 자바라(플렉시블) 기능, 스마트폰 충전기와 호환되는 충전 기능, 철제 제품에 부착할 수 있는 자석, 받침대 등 다양한 부가 기능이 있다. 요새는 캠핑용으로 작업등이 많이 쓰이는 추세다. 무선 충전, 스마트폰 충전기와 호환되고 밝기까지 짱짱한데 또 내구성도 좋으니 프리미엄 제품을 선호하는 캠핑족에게 인기가 많다. 어쩌면 내가 생각하는 산업용품의 보편화가 가장 잘 실천되고 있는 제품군이 캠핑이고 작업등 분야이다.

집에 방 하나가 불이 나갔다. 형광등을 갈아봐도 위쪽 회로를 까봐도 원인을 알지 못했다. 이때 아버지가 LED 자바라 작업등을 선반에 하나 설치하셨다. 그 이후로 전기 기사를 불러 전기공사를 할 마음에 싹 사라졌다. 아버지는 지금도 그렇게 지내고 계신다. 조만간 하나 더 사실 거라고 하는데 집에 조명 가게라도 차리실 건가 보다.

셀프 인테리어의 출발선, 줄자

철직자, 직각자, 삼각자 등이 있으나 가장 많이 쓰이는 건 역시 줄자다. 가지고 다니며 쓰기 편하고, 긴 길이까지 잴 수 있으니 휴대성, 기능성에서 이미 자 중에서는 톱티어에 속한다. 가정에서도 망치에 이어 필수품이며 없으면 뭔가 허전하고 초조해지는 매력이 있다. 최근 셀프 인테리어, 홈 퍼니싱 문화가 발달하며 줄자의 중요성도 부각되고 있다.

줄자계의 최고 브랜드는 타지마^{TAJIMA}이다. 1909년에 설립되어 수공구 제조(특히 줄자, 커터칼)에 짬이 찰 때까지 찬 일본 브랜드이다. 뒤이어 국산의 코메론^{KOMERON}이 있는데 기술자 각각의 특성에 맞는 다양한 줄자를 만들어내며 타지마의 지분을 야금야금 먹는 중이다. 기술자들 사이에서도 타지마만큼 품질이 좋으며 가격이 합리적이라고 평가받고 있다. 다만, 타지마 줄자가 좀 더 손에 착착 감기는 맛이 있다. 구관이 명관이라 그런가?

사실 줄자는 제품마다 큰 차이점이 없다. 하지만 어느 순간 그냥 지나치기에 난감한 불편을 선사하곤 한다. 다른 공구에 비해 사용 빈도가 높아 반복적으로 쓰면서 불편을 감지하게 되는 것이다. 그래도 다음과 같은 기준만 잘 참고하면 된다.

- 길게 뽑아도 휘지 않아야 한다.
- 착착 감기는 맛이 있어야 한다.
- 한 손에 들어와야 하는 크기여야 한다.
- 내가 원하는 길이여야 한다.
- 눈금이 선명하게 보여야 한다.

집에서는 최대 5미터짜리를 고르면 된다. 집에서 그 이상을 재게 되는 경우도 별로 없을뿐더러, 5미터 이상은 너무 커서 손으로 잡기 힘들다. 눈금 역시 잘 보여야 한다. 가까이에서야 다 보이니까 멀리 떨어뜨려 놓은 상태에서 보고 판단하도록 한다. 상관없다고? 나중에 절체절명의 시기에 줄자 눈금이 안 보일 수가 있다. 적당한 길이에서 가급적이면 브랜드 제품을 사면 된다. 브랜드 제품이더라도 그렇게 비싸지 않으니까.

2미터 줄자는 추천하지 않는다. 열쇠고리로 쓰지 않으면 잃어버리기 쉽고, 2미터는 다양한 사물을 측정하기에는 한계가 있다. 일반 가정에서도 2미터 넘는 것들이 은근히 많기 때문에 3~5미터 줄자를 추천한다. 줄자를 사용하는 방법은 딱히 정해져 있지 않다. 줄자가 어떻게 작동하는지는 모두가 알지 않나? 다만, 몇 가지 주의사항이 있다.

- 줄자 시작점을 꼭 0으로 맞출 필요가 없다.
- 줄자 날에 손이 베일 수 있으므로 자를 풀 때, 감을 때 조심한다.
- 줄자를 되도록 바닥에 떨어뜨리지 않는다.

위의 세 가지를 유의하고 상황에 맞춰 요리조리 써보면 된다. 줄자 한 개를 오래 쓰다 보면 눈치가 생긴다. 어느 정도 잡아당겨야 정확하게 길이를 잴 수 있는지, 이 정도 늘렸을 때 대강 길이가 얼마나 되겠는지 등 수치를 어림잡아 볼 수 있는 감이 생긴다. 이런 사소한 감각적 기술이 모이고 모여 작업 시간을 줄여주게 된다. 가끔 인테리어 현장에 가면 발도술처럼 줄자를 그냥 쭉 뽑아서 바로 가져다대는 프로 기술자들의 모습을 볼 수 있다.

많은 브랜드에서 다양한 종류의 줄자들이 생산되는 탓인지, 나날이 구경하는 재미가 쏠쏠하다. 오토 로크나 유격에 신기한 기능이 더해진 줄자도 있으며, 최고의 튜닝은 순정이라고 착착 감기는 맛 하나로만 승부를 보는 줄자도 있다. 이참에 줄자를 마련한다면 근처 철물점으로 가 여러 가지 줄자를 살펴보는 건 어떨까? 아무거나 사 오기에는 훌륭한 제품이 많고 예상치 못한 순간, 가정에서 중요한 역할을 한다.

완벽한 측정 기사,
버니어캘리퍼스

예전에 이벤트성으로 서른 명의 사람들에게 산업용품 관련 퀴즈를 낸 적이 있다. 열 개의 산업용품 사진을 보여주고 이름이 무엇인지 맞추는 형식이었는데 두세 개만 맞춘 사람이 절반이 넘었다. 그리고 문제를 다 맞춘 사람은 고작 두 명이었다. 자동차 운전병 출신과 인테리어 현장자 출신이었다. 틀린 명칭을 적거나 '모름'이라고 적어 내면 당연히 오답 처리를 하였는데, '모름'이라는 대답을 얻은 산업용품이 바로 이 버니어캘리퍼스였다.

버니어캘리퍼스는 '노기스'라고도 불리며 파이프의 외경과 내경, 단차를 재주는 측정공구 중 하나이다. "아니, 줄자나 철직자로 잴 수 있는 거 아니야?"라고 질문할 수도 있는데 줄자나 철직자는 단순한 파이프 모양은 측정하기 쉽지만, 겉면이 홈이 많거나 고르지 못한 표면을 잴 때는 힘들다. 더군다나 몇 밀리미터 차이도 큰 사고로 이어지는 제조 현장에서는 더욱 정밀한 측정이 필요하다.

이럴 때 버니어캘리퍼스를 사용한다.

　버니어캘리퍼스는 어미자와 아들자 철직자 두 개로 눈금을 읽는 방식이다. 위로는 내측용 조, 아래에는 외측용 조가 있어 파이프, 호스의 외경과 내경을 효율적으로 잴 수 있다. 기본적으로 어미자는 앞자리를 읽고, 아들자는 소수점 자리를 나타낸다. 어미자와 아들자가 눈금이 같은 곳을 읽으면 그게 소수점이 된다.

　조는 크게 네 가지가 있는데 포인트 조, 옵셋 조, 뎁스 게이지, 블레이드가 있다. 포인트 조는 고르지 못한 표면, 옵셋 조는 단차부, 뎁스 게이지는 깊이, 블레이드는 미세 홈 직경을 측정한다. 버니어캘리퍼스는 전자식으로 눈금을 읽을 수 있는 디지매틱 캘리퍼스를 많이 쓰는데 소수점 몇 자리까지 읽을 수 있냐에 따라서 가격이 천차만별이다. 플라스틱으로 된 캘리퍼스가 있는 반면, 소수점 세 자리까지 되는 고가의 디지매틱 캘리퍼스도 있다.

　버니어 캘리퍼스는 아주 섬세한 관리가 필요하다. 어떤 물건에 대고 눈금을 읽는 형식이기 때문에 캘리퍼스가 정상적인 컨디션이어야 한다. 측정 시에는 원점을 확인하고 측정 후에는 조의 상태를 확인한다. 조의 날이 조금만 깨져도, 이물질이 끼면 정확한 측정이 어렵기 때문에 측정 후에는 항상 세척을 해준다. (조 사이에 종이를 끼워 넣었다 빼면 된다.) 더 정밀한 측정을 하는 제조 R&D 센터에서는 온도, 습도까지 모두 체크한다고 한다.

\\\

친척 격으로는 마이크로미터가 있다. 마이크로미터도 역시 외경과 외경, 단차 등을 측정하는 데에 사용되는데 캘리퍼스보다는 조금 더 정밀한 측정이 가능하다.

다양한 브랜드가 있지만 그중 최고는 일본의 미쓰도요^{Mitutoyo}다. 20세기 초반부터 정밀 측정 기계를 만들기 시작하여 지금까지 다양한 측정 솔루션을 내놓고 있다. 여기서 측정 솔루션은 캘리퍼스뿐 아니라 측정 데이터를 전산화하고 결괏값을 도출하는 과정을 모두 포함한다. 예전에 미쓰도요 박람회를 갔었는데 연도별로 놓인 측정 기계를 보니 입이 떡 벌어지더라.

사실 버니어캘리퍼스가 일반인들에게 줄자만큼 널리 쓰이지는 않지만, 산업 현장에서는 반드시 써야 하는 쓰임새가 날카로운 산업용품이다. 가구 조립이나 배관 공사를 스스로 하는 사람에게는 반드시 필요하다. 내가 한층 더 업그레이드되는 계기를 마련하고 싶다면 우선 버니어캘리퍼스부터 사자. 당신의 눈을 더 촘촘하고 예리하게 만들어줄 것이다.

1종 지레의 최고 발명품, 가위

종이를 자를 때 가위를 살펴보면 원리 자체가 굉장히 재밌다. 철로 된 두 날이 하나는 위로 하나는 아래로 향하면서 아주 미세한 틈을 만들며 교차하는데 그 틈을 이용하여 물건이 잘린다. 이 원리로 우린 종이도 자르고, 삼겹살도 자르고 머리도 자르고 다 한다. 다들 어렸을 때 과학 시간에 지렛대의 원리 어쩌고저쩌고 귀에 딱지가 앉도록 가위의 작동 원리를 듣지 않았는지?

산업용품에서의 가위는 범위가 다양하다. 종이를 자르는 사무용 가위부터 해서 고무를 자르거나, 철사를 자르는 등 물건의 강도에 따라 쓰는 가위의 종류가 달라진다. 부드럽게 오려지는 가위도 있는 반면, 뚝뚝 끊기는 강한 힘의 가위도 있다. 일상생활에서 유용하게 쓰일 수 있는 몇 종류를 소개해보고자 한다.

다목적 가위

손가락 마디의 힘을 사용하는 사무용 가위와 다르게 악력을 이용해서 물건을 절단한다. 종이, 나뭇가지, 철사 등 다양한 물건을 자르기 때문에 우리가 일상에서 가장 보편적으로 쓸 수 있는 가위이다. 어떤 걸 자르냐에 따라 전정가위, 전지가위, 원예 가위, 적과 가위로 모양이 살짝 변형되어 나뉜다. 브랜드는 화신이 유명하다.

재단 가위

옷감을 자르기 위해서 쓰는 가위로 세탁소에서 자주 보는 뭔가 고급스러운 가위가 이 재단 가위다. 촘촘한 섬유를 자르기 때문에 가윗날이 더 예리하고 이에 따라 가격도 꽤 비싸다. 뭔가를 날카롭고 정밀하게 자르는 데 좋다. 쪽가위의 대형 버전이라고 보면 되는데 이 가위로 종이를 자르면 절삭감이 굉장하다.

항공 가위

항공에 쓰이는 판금 재료를 자른다고 해서 붙여진 가위 중간에 레버가 하나 더 들어가 있는 다목적 가위라고 보면 된다. 친척 격으로는 함석가위, 철판 가위가 있다. 다만, 항공 가위라고 일컫는 것들은 어느 정도의 연한, 크기가 작은 철판을 자르는 데 사용한다. 한 번 자르는 데 꽤 많은 손힘이 들기 때문에 사용하려면 전동 커터로 가야 한다.

고지 가위

식당에 가면 냄새나는 신발을 직접 손을 쓰는 대신 집어주는 막대기를 본 적이 있을 것이다. 그 막대기 끝이 집게가 아니고 가위면 고지 가위가 된다. 높은 곳의 나뭇가지를 자를 때 쓰는 가위이다. 짧게는 1.5미터, 길게는 6미터까지 있다.

양손 가위

재단사들이 나무를 다듬을 때 보이는 가위이다. 양손에 힘을 주어서 자르는 중형 가위이다. 친척 격으로 탱자 가위, 담장 가위가 있다.

전동 가위

전기 힘으로 물건을 자르는 가위로 디월트, 마끼다, 밀워키와 같은 전동공구 브랜드에서 생산한다. 전기 힘이면 전동 가위, 콤프레셔의 힘이면 에어 가위, 기름 압력의 힘이면 유압 가위가 된다. 반복적인 절단 작업을 하는 기술자에게 적합하다. 전동 커터의 범위에 모두 포함된다.

가위는 칼과 함께 묶여서 커터 계열에 포함된다. 한 개의 날을 쓰면 칼, 두 개의 날을 쓰면 가위가 된다. 상황에 맞는 가위를 보려면 날이 얼마나 큰지 그리고 전장이 얼마나 긴지를 보자. 날이 클수록, 전장이 길수록 나의 절삭력은 올라간다.

잡고 비틀고 자르기, 펜치

수공구를 볼 때 나는 이 수공구가 사람의 어떤 행동을 대신하는지 본다. 기본적으로 수공구는 사람의 능력을 강화시켜주는 역할에서 발명되고 발전해왔다. 펜치는 손의 엄지와 검지를 이용한 행동을 대신하는 수공구이다. 더 강하게 잡고, 비틀고, 자르기 위해 만들어졌다.

펜치는 기본적으로 크게 보면 펜치, 니퍼, 롱노즈로 나뉘어져 있다. 가장 기본적인 수공구는 펜치로 물건을 집고 자르는 행동을 모두 할 수 있다. 여기서 물건을 좀 더 정확하게 잡고 싶다면 롱노즈를, 더 잘 자르고 싶다면 니퍼를 선택하면 된다. 또 롱노즈는 끝이 구부러지면 스냅 링, 니퍼 역시 작아지면 정밀 니퍼가 된다.

가격대가 천차만별인데 너무 저렴한 걸 쓰면 안 된다. 몇천 원짜리 가격에 혹해 샀다간 한 번 쓰고 버리는 나무젓가락으로 전락해버릴 수 있다. 5천 원~1만 원대의 펜치류를 사는 게 좋다. 1~2만 원짜리 가정용 공구 세트에 들어 있는 펜치는 살짝 내구성을 의심해주자. 6, 7, 8인치 세 가지가 대표적인데 가정에서는 6인치를 추천한다. 7인치부터는 무게가 좀 나가기 때문에 다루기가 어려울 수 있다. 심지어 9인치는 무거워서 망치로도 쓸 수 있을 정도.

니퍼는 전선을 자를 때, 전선 피복을 벗길 때 사용한다. 요새는 정밀(또는 미니) 니퍼가 많이 판매된다. 크기가 작고 끝이 뾰족하여 작은 부품, 전선을 다룰 때 사용하기 편리하다.

펜치 브랜드로는 미국의 클라인툴스Klein Tools, 독일의 크니펙스 Knipex가 유명하다. 펜치류는 비싸질수록 절삭력이나 압착력이 좋아지고 거기에 미세하고 편리한 기능들이 더해진다. 대부분의 펜치는 빨간색 고무로 이루어져 있는데 비싸질수록 고무 손잡이 모양과 색이 다채로워진다. 비싼 수공구는 매일 천 번 만 번 사용하는 전문가의 손길이 반영되어 점점 더 획기적인 제품으로 업데이트된다.

한 수공구를 오래 쓰는 게 아니고, 주기적으로 교체할 펜치가 필요하다면 세신 같은 국산 브랜드도 괜찮다. 5천 원~1만 원대의 합리적인 가격에 어느 정도 품질을 보장한다. 가끔 한 달에 몇 번 사용하는 가정에 추천한다. 중국산은 감가상각이 심하여 추천하고 싶지 않다.

집에 무조건 있어야 할 수공구 중 Top3 안에 들 정도로 펜치는 요긴하게 쓰인다. 무언가를 강하게 잡고 비틀고 자르는 역할을 하는 문구나 주방용품은 가위를 제외하면 흔치 않다. 세 가지를 다 사는 것이 망설여진다면 우선 펜치부터 하나 장만해보자. 펜치를

뽀족하고
긴 코가 매력적인
롱 노즈 플라이어.

자유자재로 쓰면서 모든 기능을 꿴다면 그다음부터는 더 좋은 브랜드, 변형된 수공구를 사용할 수 있을 것이다. 필요에 의해 자연스럽게 하나씩 사들이면서 공구함에 쏙쏙 집어넣다 보면 나만의 가정용 공구 세트가 완성된다.

단순하고 복잡한 나사못

어느 날, 나사못을 자세히 들여다본 적이 있었다. 이 자그만한 물체가 알고 보면 근대 문명을 몇백 년 앞당긴 위대한 발명품이라고 한다. 게임으로 치면 아이템을 하나하나씩 사다가 이제 조합해서 새로운 아이템이 만들어지게 업데이트된 느낌이다. 나사못이 생기고 나서 복잡한 제품을 비로소 만들 수 있게 되었다. 주위를 둘러보면 나사못이 안 박힌 제품이 없을 정도다. 어쩌면 인류의 창의성이 구현되는 데에 지대한 공헌을 한 게 아닐까?

나사못은 피스, 화스너^{fastner}, 스크루 등 다양한 명칭을 지닌 데다 또 길이와 지름, 모양에 따라 셀 수 없을 만큼 종류가 많다. (이하 '나사못'으로 통일한다.) 단순하게 생겼지만 알고 나면 재밌으면서도 복잡한 구조를 가지고 있다. 어떤 자재에, 어떤 제품으로 박혀 들어가는지에 따라 나사못 모양이 달라진다. 나사못은 크게 세 가지 부분의 모양에 따라 종류가 나뉜다.

머리

머리 모양은 둥근머리, 접시머리가 있다. 둥근머리는 드라이버로 조이는 힘이 더 들어가지만 다 박고 나면 비눗방울처럼 볼록 튀어나와 외관상 별로인 경우가 많다. 반면, 접시머리는 머리가 납작하게 생겨서 요새 가구 조립에서 많이 쓰이곤 한다. 머리는 또 밑부분에 따라서 일반형, 와셔형이 있다. 와셔는 나사못 박을 때 꼭 쓰이는 볼트와 너트 같은 관계인데 나사못을 풀리지 않게 단단하게 고정시키는 역할을 한다.

나사산

나사산은 나선형 돌출부를 말하는데 촘촘할수록 박기는 어려우나 튼튼하게 밀착된다. 목공에서는 연한 목재에는 나사산이 넓은, 단단한 목재에는 촘촘한 나사산이 있는 나사못을 박아야 한다고 한다. 또한, 나사못이 반만 있는지, 전체적으로 다 있는지에 따라 체결 효과가 다르다. 추가로 나사산의 지름—머리 지름이 아니라—이 나사못 규격을 결정한다.

나사 끝

나사의 끝부분은 체결의 시작점이라 이 부분에 따라 작업 결과가 달라진다. 나사 끝도 나사산이 완벽하게 있거나 양날이 달려 있거나 다르다. 철판과 같은 딱딱한 자재에는 양날이 달린 나사못을 사용한다.

　나사못은 자재가 다치지 않게, 체결 자국이 보이지 않게, 단단하게 고정시키기 위해 오랜 시간 발전해왔다. 그래서 위의 단순한 설명은 살짝 알아만 두고 철물점 아저씨한테 물어보는 게 좋다. 어떤 자재에 사용하는지, 길이는 얼마나 되는지, 무엇을 만들려고 하는지만 알리고 나사못을 선택하도록 하자. 만약 인터넷으로 구매해야 한다면 유튜브나 블로그를 둘러보며 작업 상황, 체결 방법 등을 확실히 정하고 구매하면 된다. 잘못 사면 자재도 망가질뿐더러 나사못은 나사못대로 애물단지 취급을 당한다.

　다양한 나사못 브랜드에서 나사못 세트라고 해서 구매자의 보편적인 상황을 고려한 나사못만 묶음으로 플라스틱 수납 박스에 담아서 판다. 둥근, 접시부터 해서 칼브럭까지 있으니 내 경험상 따로 교환이나 문의가 없는 걸로 봐서는 이런 세트만으로도 (가정 내에서는) 문제가 해결되는 듯하다.

　시간이 날 때면 항상 하는 연습이 망치질과 피스(?)질이다. 워낙 연출되는 상황이 다양해서 말로 설명하기보다는 직접 체득하여 알려주는 편이 현실적으로 도움이 되기 때문이다. 사실, 전동공구와 더불어 이 나사못 부분이 어렵다. 나중에 나사못학(學), 나사못 개론(概論) 이런 서적이 나온다면 꼭 사 볼 의향이 있다.

안전하게 꽉 조이고 푸는 힘,
복스알

공군 시절에 "복스알^{box socket} 가져와!"라는 말을 많이 들었었다. 귀에 피가 나게 들어 나중에는 대충 옆에서 눈치 있게 준비하는 감각이 길러졌었다. 전투기를 정비하면 부사관은 어려운 기술 작업을, 병사는 간단한 마무리 작업을 했는데 병사들 사이에서도 병장, 상병은 어려운 마무리 작업을, 일병과 이병은 관련 공구를 빠르게 준비했었다. 전역하고 나서는 한동안 복스알을 보는 일이 없었으나 공구상을 하며 점차 복스알이 다시 눈에 들어오기 시작했다.

복스알은 핸드 소켓이라고도 불리며 육각 볼트와 너트를 꽉 조이고 풀 때 사용한다. 일반 가정에서는 쓰이지 않고 자전거, 자동차 수리를 해본 이들이라면 많이 친숙할 것이다. 철제 부품이 꽤 복잡하게 설계된 제품, 중장비에 사용되는데...... 그야 볼트, 너트가 많이 그쪽에 쓰이니까. (이하, '복스알'로 통일한다.)

내가 고객과 거래할 때 가장 많이 실수하는 부품이라고 꼽을 정도로, 복스알은 세심히 들여다봐야 한다. 어떤 사이즈의 렌치에 장착하는지, 어떤 사이즈의 볼트와 너트를 체결하는지에 따라 규격이 다 달라지며 6각/12각, 숏/롱 등 여러 모양이 있어서 쉽지가 않다. 게다가 인치와 밀리미터를 혼용하고 있어(지금은 밀리미터로 통일 중) 아쉽게 수치가 다른 복스알을 사는 경우가 많다.

우선 일반인들에게는 3/8인치 사이즈의 복스알이 가장 많이 쓰인다. 그다음에는 1/2, 3/4인치가 많이 쓰이는데 이건 이제 래칫, 임팩트렌치 등 공구에 끼우는 사이즈이고 1밀리미터의 차이로 디테일하게 있다. 그래서 볼트, 너트 사이즈를 세밀하게 따져서 골라야 한다. 1밀리미터라도 차이 나면 보기 좋게(?) 볼트와 너트에 체결되지 않는 모습을 볼 수 있다.

복스알에도 숏, 롱이 있는데 물론 뭐 상황에 따라서 달라지겠지만, 나는 롱의 손을 들어주고 싶다. 롱 복스알은 긴 볼트까지 커버가 가능하니까. 다만, 좁은 공간에서 체결할 때는 어려움이 있을 수 있다.

임팩트렌치에는 임팩트 복스알이 들어가는데 임팩트 복스알은 열처리를 하여 검은색이 특징이다. 임팩트렌치는 빠르게 회전하기 때문에 일반 복스알로는 마모되기 쉽기에 단단한 제품을 써야 한다. 사실 힘이 세기 때문에 마지막에 드르륵 하면서 헛돌긴 하지만 이 헛돎을 잘 버텨내는 복스알이어야 하니까. 검은색이면서 뭔가

질감은 거친 복스알, 그게 열처리된 제품이다.

복스알은 역시 일제 코켄KOKEN을 가장 고퀄리티로 쳐주고 그
다음을 잇는 것이 대만, 한국이다. 나는 킹토니KING TONY, 지니어스
GENIUS 같은 대만산을 많이 추천해주는데 대만산 복스알이 최근 가
격은 내려가고 퀄리티는 일본을 따라가고 있다. 물론 세신버팔로
와 같은 국산도 좋다. 그 외에 괜찮은 브랜드는 정말 많다.

복스알을 어떤 수공구에 끼우는 게 가장 좋을까? 가격도 부담
없고 가장 기본적인 건 깔깔이, 래칫 렌치이다. 사람의 힘을 가장
효율적으로 쓰는 수공구이며 복스알을 교체하면서 사용하기 때문
에 나름대로 경제적이다. 요새는 더 좁은 틈새에서 사용하기 위해

래칫의 기능이 멍키스패너나 옵셋 렌치에 더해지는 경우가 많아 우리가 흔히 생각하는 고전적인 래칫 렌치는 사용이 줄어들고 있다.

사실 볼트, 너트가 체결된 제품을 가정에서 보는 일은 드물다. 일반 못, 스크루가 대부분을 차지한다. 하지만 지금 같은 DIY 세대에서는 언젠가는 볼트, 너트를 일반인들도 자유자재로 다루는 시대가 올 거라고 생각한다. 그래서 미리 복스알, 핸드 소켓을 소개해본다.

\\\

층간 소음을 줄이는 드라이버

드라이버는 오랜 제조 역사의 산물이다. 부품을 줄로 묶고, 붙이고, 박으며 인류는 제품을 발전시켜왔다. 부품을 연결하는 가장 좋은 방법이 나사못Screw을 박는 것이다. 나사못 몇 개만 있으면 일상에 필요한 제품을 대부분 만드는데, 그 나사못을 조이고 푸는 수공구가 바로 드라이버다. 이케아에서 들인 가구 조립을 다들 한 번씩 해봤을 것이다. 만약 세상에 나사못이 없다면 가구가 지금처럼 복잡한 구조로 만들어졌을까? 못이 이 역할을 대체했더라도 온 세상에는 매일 뚝딱뚝딱 망치질 소리가 났겠지.

드라이버는 종류만 수십만 가지다. 당장 집에 굴러다니는 드라이버를 가지고 와서 유심히 살펴보며 어떻게 생겼는지 얘기해보자. 길이가 얼마나 되며, 손잡이는 어떤 소재로 되어 있는지 등등 다양한 관점에서 설명될 것이다. 그 설명 하나하나가 모두 드라이버의 종류를 결정짓는 기준이 된다. 대략 드라이버는 다음 기준에 따라 나누어진다.

- 어떤 모양의 나사를 박는지.
- 손잡이의 형태가 어떻게 되어 있는지.
- 손잡이의 재질이 무엇인지.
- 전장(길이)은 얼마인지.
- 축 직경이 얼마나 되는지 등등.

수많은 드라이버 중에서 무얼 어떻게 선택하느냐고? 일단 수동보다는 '전동' 드라이버를 추천한다. 보쉬와 같은 전동공구 브랜드에서는 권총형 전동 드라이버가 인기이고 이마저도 점점 콤팩트해지고 있다. 스스로 판단하기에 초능력을 갖고 있다고 믿어 의심치 않는 사람이라도 나사못 조이는 힘은 부디 전동 모터의 힘을 빌리는 것이 좋겠다. 제아무리 손목이 튼튼한들 나사를 열 개 정도 조이고 나면 부랴부랴 동전 파스부터 찾게 될 것이다. 꿩 대신 닭이라고 전동이 부담스럽다면 '래칫 드라이버'를 사면 좋다.

수동 드라이버 중에서는 '전공 드라이버'를 추천한다. 프레디 머큐리가 휘두를 것 같은 마이크 모양의 손잡이가 특징인데, 말 그대로 전기공사용이기 때문에 감전의 위험이 없다. 또한, 이 둥근 손잡이가 은근히 그립감이 좋아서 편리하기도 하다. 어떤 사람은 정확한 위치에 타격을 가하는 정으로도 사용한다고 들었다. 인테리어 전문가들은 대개 '전공 드라이버'를 쓴다.

'주먹 드라이버'는 작고 귀엽지만 빡빡한 나사를 조이고 풀기

재밌는 모양과
손맛을 자랑하는
전공 드라이버.

힘들다. 장모 치와와가 귀엽기는 하지만 나를 지켜주거나 사냥용
으로 부적격이듯이 주먹 드라이버는 포켓용 그 이상 그 이하도 아
니다. 짧은 길이의 작은 나사못에는 좋다. 그러나 50밀리미터 이
상의 나사못에 썼다가는 역시 손목이 덜렁덜렁할 것이다. 이렇게
막판에 체결하는 힘이 더 필요하면 T 자형을 사용하면 좋다.

　내가 전하는 이야기들은 공구상 경험에서 나왔으나, 드라이버
에 대한 생각은 전문가마다 다르다. 자신의 기호에 맞게 드라이버
를 고르면 된다. 얼마 전, 어머니가 찬장 손잡이를 고쳐달라고 하
셨는데 드라이버를 못 찾아서 그냥 집에 굴러다니는 주먹 드라이
버로 나사를 풀다가 진땀을 뺐다. 가정용 수공구 세트도 물론 좋

지, 좋다. 하지만 DIY에 조금이라도 관심이 있다면 나만의 드라이버를 얼른 찾아보자. 하나에 1만 원도 안 하니까.

추천 브랜드

1. 전공 드라이버: 베셀, 센툴(국산), 이하 등.

2. 전동 드라이버: 하이브(국산), 보쉬, 아임삭(국산), 웍스 등.

3. 래칫 드라이버: 베라, 사타, 아넥스 등.

4. 양용 드라이버 / 주먹 드라이버: 센툴, 베라 등.

\\\

공구의 꽃이 피었습니다, 전동공구

전동공구는 공구의 꽃이다. 기계 덕후들이 좋아할 만한 흥미로운 구조에, 가정에서 사용되는 적당한 대중성, 제조사들끼리의 경쟁, 가격으로 인한 고관여 특성까지 전동공구는 공구, 산업용품 중에서도 많은 사람들에게 관심을 받는 제품군이다. 공구 덕후들이 공구에 입문하게 된 과정이 이 전동공구들 때문이고 유능한 공구상, 기술자라면 이 전동공구에 대해 잘 알고 있는 편이다.

그중에서도 드라이버와 렌치(스패너), 드릴류는 전동공구의 3대장이라고 보면 된다. 전동공구 브랜드들의 기술력이 집약되는 제품, 애플의 아이폰과 같다. 매년 각 브랜드에서는 신기한 기술력과 고객의 편의성이 탑재된 드릴 제품을 내놓는다.

많은 사람이 오해하는 부분이 있다. 드릴은 드라이버 역할을 하지만, 드라이버는 드릴 역할을 못 할 수 있다. 드라이버는 내가 손목으로 나사를 체결할 힘을 대신해주는 것뿐이다. 만약 체결하는 곳이 단단하다면 '임팩트', '함마(해머)'라는 단어가 들어간 제품을 구매해야 한다. 이 두 가지는 회전뿐 아니라 회전축 앞뒤로 때리는 힘을 주기 때문에 콘크리트 같은 단단한 물체에 체결이 쉽다. 드릴을 살 거라면 차라리 임팩트나 함마를 사는 걸 추천한다.

전동공구 브랜드는 정말 많다. 전동공구는 그 제조사의 기술력을 증명하기 때문에 많은 제조업자들은 전동공구를 만드는 데 심혈을 기울인다. 가장 유명한 전동공구는 디월트. 인수되고 자회사로 독립되는 우여곡절이 꽤 있는 브랜드로 모회사 블랙 앤 데커 Black and Decker가 프리미엄 라인으로 내세웠다. 특히 목공용으로 유명하기 때문에 자연스럽게 일반 소비자들에게도 마케팅이 잘된 케이스이다. 그 뒤를 잇는 것으로 밀워키, 마끼다가 있다. 사실 디월트보다 힐티HILTI, 패스툴FESTOOL이 더 고급이지만 어쨌든 품질과 대중성을 사로잡은 국내 No.1 브랜드는 디월트이다. 지금 국내에서는 디월트, 밀워키, 마끼다가 일반 소비자 시장에서 자웅을 겨루는 3대장이라고 보면 된다.

국내 브랜드는 아임삭, 계양이 유명하다. 아임삭은 배터리 무게를 줄이며 사용 휴대성을 늘리고 있는데 몇몇 사람들은 오히려 가볍기 때문에 작업 시 충격에 약하다는 평을 하기도 한다. 계양은 안정적인 포지션으로 가고 있는데, 특히 핸드 그라인더에서만큼은 다른 해외 브랜드 못지않은 퀄리티를 자랑한다. 그 뒤를 잇는 다양한 전동공구 브랜드들이 있다. 웍스WORX, 메타보metabo 같은 브랜드들도 기술자들 입에 많이 오르내리고 있다. 그런데 이름 있는 제품을 사는 것도 좋지만, 합리적인 가격에 품질이 좋은 전동공구 브랜드가 많으니 잘 살펴보고 사는 것이 좋겠다. 각자에게 꼭 맞는 전동공구가 반드시 있기 마련이니까. 전동공구를 고를 땐 몇 가지만 살피면 된다.

전압

전압에 따라서 힘이 다르다. 10.8V 드릴의 경우는 기본 가구 조립에서는 사용 가능하지만 더 단단한 자재에 작업을 할 때는 전압이 더 높은 제품이 필요하다. 가정에서는 14.4V짜리 이하로 써도 괜찮다.

호환성

전동공구 가격의 절반은 배터리값이다. 그래서 배터리를 사놓고 그 배터리가 다른 기기랑 호환이 되는지를 잘 보도록 한다. 가령, 배터리 한 개를 사고 전동공구 배터리 없는 걸 세 개를 사용할수도 있다. 반드시 배터리 없는 제품(베어툴)인지를 보고 사자. 유명 브랜드에서는 배터리 호환을 통한 제품군 확장 경쟁이 시작되었다.

무게

앞서 말했다시피 무게가 무거우면 진짜 작업할 맛이 안 난다.

초보자에게는 제품의 모양만으로 무게가 가늠되지 않기 때문에 온라인에서 비싸게 샀으나 무거워서 못 쓰는 경우가 많다. 상세 페이지에서 무게를 반드시 체크해야 된다. 만약 콘센트도 근처에 있다면 유선 드릴을 써도 된다.

헤드

'어떤 크기로 어떤 모양으로 작업할 건데?'라는 질문이 바로 이 헤드와 관련된 것이다. 드릴 드라이버, 임팩트, 해머 등의 용도에 따라 헤드가 달라지고 끼우는 비트도 달라진다. 그래서 가지고 있는 비트가 어떤 제품인지 정확히 알거나, 전동공구 제품과 함께 비트도 같이 사버려야 헷갈리지 않는다. 어떤 사람들은 가장 힘이 좋은 해머 드릴을 구매 후, 헤드를 호환하는 척chuck을 여러 개 구매하여 사용하기도 한다.

사실 전동공구는 나도 영 자신이 없다. 워낙 오랫동안 만져온 기술자 어르신, 드릴 마니아들이 많기 때문에 유튜브를 검색해보면 누군가 리뷰 영상을 올려도 '못알'이네 하는 댓글이 참 많이 달리는 게 전동공구, 드릴 쪽이다. 그러나 내가 말한 세 가지만 기본으로 알고 있어도 분별력이 생기니 반드시 기억해두시길. 파도 파도 끝없이 나오는 분야가 바로 이 전동공구다.

일본의 공구점에 진열된 전동공구.

묵직하게 자르는 도끼

도끼는 직접 사용하기보다는 각종 미디어를 통해 많이 보게 된다. 게임에서는 대표적인 힘 캐릭터의 무기, 조직폭력배 3~4인자의 이름, 캠핑 TV 프로그램에서는 장작 패는 도구, 서양 중세 드라마에서는 국방력이 강한 국가의 상징이 되기도 한다. 하물며 유명 래퍼 네임, 유명 카피라이터의 책 제목에 쓰이기도 했다.

칼이 예리하고, 망치가 묵직하다면 도끼는 예리함과 묵직함을 골고루 갖춘다. 도끼는 날이 있으면서도 묵직한 것이 타격을 가하거나, 자르거나 아니면 동시에 가하고 자른다. 물체의 결합부에 수직인 힘을 순간적으로 가하여 틈새를 만들고 그 틈새를 파고들어 결합을 양쪽으로 밀어내는 원리다. 우리가 예전에 과학 시간에 배운 '빗면의 원리'를 대표적으로 사용하는 도구가 바로 도끼이다.

도끼는 제조 과정에 따라, 용도에 따라 제각각이다. 프레임에 철을 부어 만드는 '주조', 두드려서 만드는 '단조'가 있는데 도끼의 품질은 아무래도 단조 기술에 따라 달라진다. 도끼는 장작을 기준으로 자르고, 쪼개는 역할을 한다. 자르는 도끼는 날이 예리해야

\\\

하며, 쪼개는 도끼는 날이 뭉툭하여 장작을 결대로 엄마손파이처럼 자르는 걸 말한다.

도끼는 일체형 도끼, 자루와 날이 따로 있는 분리형이 있는데 충격이 그대로 전해지거나 부러지면 못 쓰는 일체형 도끼보다 분리형이, 분리형 중에서도 충격을 잘 흡수하는 나무 자루가 많이 쓰인다. 도끼는 재미있게도 독일, 북유럽 국가 브랜드가 유명하다. 나무가 많은 국가이다 보니 손도끼를 항상 휴대한다는 사람들의 농담이 있는데 그럴듯하다. 그랑스포스Gransfors, 피스카스Fiskars 등이 유명하며 국내에서도 영창, 세종FG 등 국산 도끼가 상당히 괜찮은 품질로 생산된다. 캠핑에서 워낙 자주 쓰이다보니 캠핑 좋아하는 젊은 세대들이 점점 좋은 도끼를 찾고 있다.

그 옛날 도끼는 친숙한 동시에 공포를 자아내는, 그야말로 감정의 양극화를 자극하는 도구 중 하나였다. 《금도끼, 은도끼》, 《선녀와 나무꾼》 등 전래동화에서는 귀엽게 나오는 반면 공포 영화와 드라마에서는 사람을 해치는 무서운 흉기로 등장한다. 하지만 요새는 그나마 간극이 좁혀진 듯하다. 아웃도어 캠핑이 많아지며 도끼의 만능을 많은 사람이 알아가면서 이제 도끼는 보다 일상 가까이에서 접하는 도구가 되었다. 불명예를 지우고 본래의 능력을 되찾았달까. 앞으로 집에 손도끼 하나쯤 있는 DIY 사회가 얼마 남지 않았다.

당기는 맛의 끝판왕, 톱

나는 역사가 오래된 공구, 산업용품이 싫다. 오랜 세월과 더불어 경험과 지식이 축적되어 온 제품군은 그 종류도 하도 많아 고객에게 맞는 제품을 찾아주는 데 꽤 애를 먹기 때문이다. 톱이 그중 하나이다. 자재를 어떻게 하면 쉽고 빠르게 절단할 수 있을까를 연구한 결정체가 톱이고 2천 년이 넘게 보완되고 발전해왔다.

톱 손잡이의 모양, 톱날 모양, 톱날 수, 사이즈마다 쓰임이 천차만별이다. 게다가 기술자들의 스타일과 환경이 다 달라 베스트셀러를 뽑기도 어렵다. 톱은 기원전부터 대충 무언가를 자르는 순간부터 사용되었을 것 같다. 특히 목수의 기본 아이템이라고 할 정도로 목재를 자를 때는 무조건 톱이 필요하다. 그냥 대충 날이 상어 이빨처럼 난 거 아냐?라고 지나치겠지만 자세히 들여다보면 날에도 아주 복잡한 이과식 계산이 숨어 있다.

톱은 당기는 맛이다. 흔히 마술 쇼에서 보곤 하는 서양 톱하고 동양 톱하고 모양이 좀 다른데 우리가 쓰는 톱은 대부분 당길 때 기능을 발휘한다. 나무를 한 번쯤 잘라본 사람들이면 다 아는 상식

\\\

이긴 한데 헷갈려하는 사람도 더러 있다. 또, 톱은 자르는 데만 쓰이는 게 아니다. 목재는 결이 있는데 결의 수직 방향으로 톱질을 하면 절단, 같은 방향으로 톱질을 하면 연마, 켠다는 행동이 된다. 양날톱을 보면 양날에 각각 다른 톱날이 있는 게 보이는데 약간 어긋나 보이는 톱날이 절단용이 된다. 톱질을 하려면 나뭇결과 톱날 모양은 꼭 봐야 한다는 것이 이것 때문이다. 톱날은 톱의 종류를 결정하는 아주 중요한 요소로 두께, 간격, 날어김 등에 따라 절단 결과가 달라진다.

톱의 종류는 무척 다양하다. 수공구(손톱)로는 접이식 톱, 양날톱, 권총형 톱, 실톱 등이 있고 전동공구로는 멀티 커터, 컷소, 밴드쏘 등이 있다. 일반적으로 쓸 수 있는 톱은 접이식으로 휴대성이 좋아 가지고 다니기 편하다. 접이식, 권총용(전정) 톱이 가장 보편적으로 쓰인다. 요새는 다양한 소재와 모양의 절삭이 필요하여 멀티 커터가 많이 보인다. 톱은 종류마다 다르지만 역시나 전반적으로 일본, 독일, 미국, 이 선진국 브랜드가 잘나가지만, 국산도 좋은 품질을 자랑한다. 코메론, 팔공산(대영) 등의 국산 브랜드와 더불어 많은 초경 제조업들이 좋은 톱날을 만들고 있다. 국산은 선진국만큼 퀄리티가 좋고 가격도 상대적으로 괜찮으니 톱만큼은 신토불이를 외쳐도 될 것 같다.

모난 돌도 미끈하게, 그라인더

연마는 일상에 녹아 있다. 손톱을 손질하거나, 큐티클을 제거할 때도 칼이 들지 않아 칼갈이나 숫돌에 칼을 갈 때도 모두 서로 다른 물체를 문질러 매끈하게 하는 '연마'의 의미가 통용된다. 옛날 구석기인들이 돌을 갈아 돌도끼를 만들었다는 사실로 보아 '연마'의 역사는 '절단'보다 오래되었을지도 모른다. 아! 양치도 어떻게 보면 연마의 한 종류구나.

연마는 정신적으로도 우리에게 좋은 울림을 주는 단어이다. 인격이나 기술 등을 다지며 사람은 자라나고 자신의 성격을 연마한다. 시행착오와 실수를 겪고 다시는 그러지 않아야겠다는 다짐도 모났던 경험을 깎고 부드럽게 만드는 거니까. 절차탁마라는 사자성어도 있듯이 우리는 일생 동안 능력을 연마하면서 살아간다.

연마는 알아갈수록 모든 작업의 기초라는 걸 깨닫는다. 표면의 평활, 평탄도를 높여 도장 작업을 원활하게 하고 표면 위 이물질을 제거한다. 연마 도구는 우리가 가장 잘하는 종이 사포(페이퍼 또는 빼빠)부터 시작해서 숫돌, 옵셋Offset 등이 있다. 연마에서는 소위 #,

\\\

방이라고 불리는 그 연마 도구의 평탄도를 따지는데 이 평탄도에 따라 결과물이 확연히 달라진다. 평탄도, 어려운 단어 같으나 언제나 우리 일상에 있다. 아침에 일어나 화장실 거울 앞에서 평탄도가 떨어진 내 볼과 턱을 항상 본다. 연마재는 상대적이다. 작업 대상보다 더 단단하면 연마재로 사용 가능하다. 가장 기본적으로는 돌(돌가루)이며 특수한 경우에는 다이아몬드, 강철을 사용하기도 한다.

옵셋, 날개 사포를 끼는 전동공구는 크게 샌더, 그라인더, 폴리셔Polisher가 있다. 그라인더는 회전, 샌더는 진동이어서 작동 방식에 차이가, 폴리셔는 광택이 주목적이라는 데에서 차이점이 있다. 흔히들 사용하는 게 그라인더인데 그라인더는 연마석을 끼면 연마가, 디스크커터를 끼면 절단이 되기 때문이다.

사실 그라인더는 초급 공구는 아니다. 고속으로 회전하는 모터를 활용하는 전동공구이기 때문에 전동 드릴, 드라이버보다 훨씬 더 조심해서 다뤄야 한다. 장갑은 물론이고 안면 보호구, 토시, 귀마개까지 착용해야 한다. 이렇듯 어렵고, 까다로운 준비를 요하는 그라인더를 굳이 이야기하는 이유는 그라인더의 매력에 있다. 어느 정도 DIY 활동을 해본 사람들은 공감할 거다. 그라인더는 날만 요리조리 바꿔가며 잘 쓰면 정말 매력적인 전동공구다.

그라인더Grinder는 단어 그대로 연마가 목적이다. 연마는 물체의 표면을 매끄럽게 하는 작업인데 대표적으로는 샌드페이퍼(사포)가 있다. 발바닥 각질을 미용 도구로 문질러서 벗겨내는 것 역시 연마 작업의 일부라 볼 수 있다. 다만, 어떤 물체는 손으로 문지르는 수준을 넘어야 비로소 연마가 되는데 이때 전동 그라인더를 쓴다. 그라인더는 대표적으로 벨트, 벤치, 핸드, 앵글 그라인더가 있고, 여기서 이야기할 그라인더는 앵글 그라인더이다. 벨트나 벤치는 무거워서 패스, 핸드 그라인더는 드릴로 대체되기 때문에 패스.

앵글 그라인더는 휴대용으로 기술자들이 가장 많이 들고 다니는 전동공구 중 하나이다. 보통 그라인더 하나에 필요한 날을 교체해가면서 사용하는데 그 날을 번갈아 끼워 사용함에 있어 그라인더의 매력이 극대화된다. 일반적으로 가장 많이 장착하는 날을 정리해보면 다음과 같다.

- 다이아몬드 휠: 절삭 작업.
- 숫돌: 표면을 매끄럽게 하는 연마 작업에 적합, 얇은 돌은
- 절삭 작업에도 사용.
- 와이어 브러시: 물체 표면의 녹 제거 작업.

이 세 가지만 번갈아 끼워도 중요한 작업을 모두 끝낼 수 있다. 그라인더는 위험한 공구여서 아래의 안전 수칙이 필요하다.

1. 스파크를 일으키며 튀는 물질을 막기 위해 안면 보호구(보안

경, 귀마개)를 꼭 착용해야 한다.

2. 충격 반동을 막기 위해 두 손으로 잡거나 손잡이가 있는 그라인더를 사용해야 한다.

3. 회전날이 잘 돌아가는지 확인한 후, 회전날이 물체에 서서히 닿도록 하면서 RPM을 올려야 한다.

그라인더는 구매에 있어 지속력과 가격 등 여러 요소를 감안할 때 무선보다 유선이 인기가 많다. 전압 사용률이 높기 때문에 대용량의 배터리가 필요한데 대용량 배터리를 마련할 바에는 편의성을 버리고 유선을 선택하는 경우가 많다. 가격은 배터리 가격이 빠진다고 해도 유선이 훨씬 싸다. 계양, ES 국산 앵글 그라인더는 5만 원대면 구매가 가능하다. 내가 아는 한 거래처는 유선 그라인더가 고장 나면 고치지 않고 그냥 새로 하나 산다.

앵글 그라인더는 자랑스럽게도 계양전기가 가장 많이 쓰이고 그다음으로는 ES, 마끼다, 보쉬 등이 있다. 연마석은 천일연마와 제일연마, 절삭 휠은 3M, 이화다이아몬드가 유명하다. 그라인더는 수동 공구 브랜드들이 상세페이지를 잘 만들어놓아 구매하기 편하지만, 연마석, 휠의 경우는 번거롭더라도 잘 아는 기술자나, 공구상에게 문의를 하자. 꼭 어떤 제품을 작업할 건지 이야기해줘야 한다.

내가 일하는 사무실 앞에 작은 연마 가게가 있다. 안에 들어서

면 책처럼 꽂힌 종이 사포와 겹겹이 레고처럼 쌓인 숫돌들이 보인다. 제품을 주문해놓고 360도로 쭉 둘러보면 옛날 유럽 중세 시대의 작은 도서관이 떠오른다. 연마재만 따로 파는데 그 가게엔 정말 다양한 연마재들을 판다. 연마만 전문으로 하는 공구상은 어디든 있으니 전화로라도 물어보자.

공구의 아이콘, 망치와 장도리

집에서 쓸 공구 세트를 하나 장만한다면 그중 어떤 수공구가 먼저 떠오를까? 주위 사람들을 대상으로 가벼운 설문 조사를 해보니 가장 많은 대답을 차지한 것이 바로 드라이버와 망치였다. 가만히 그 이유를 생각해보고 서적을 뒤적이다 보니 이 두 수공구는 나름대로 공통점이 있었다. 드라이버나 망치는 가정 내의 어떤 도구로 대체될 수 없는 수공구다. 가령, 드라이버가 없으면 피스를 다른 도구로 조일 수 없고, 못을 박을 때 망치를 대신할 대체재를 선뜻 찾을 수 없다. 망치가 이렇다. 확실히 쓰임이 뚜렷한 수공구이다. 그런 탓에 사람들의 입에 가장 많이 오르내리는 수공구 중 하나다. 슈팅 게임 '오버워치'에서 라인하르트의 망치에 맞았다거나, RPG 게임에서 망치 아이템을 교환했다는 얘기를 주변에서 흔히 들을 수 있다. 영화 〈토르〉에서 오딘은 토르에게 "너는 망치의 신이더냐?" 하고 묻기까지. 무언가 가격할 수 있는 묵직한 물건에 손잡이가 달린 형태면 망치라고 한다. 이런 단순한 형태 덕에 기원전 3만 년 전부터 만들어 썼다는 사실이 금세 이해가 된다. 대체 언제 만들어졌는지에 대한 의문은 다음의 질문 하나면 끝난다.

"어릴 때 고인돌 게임 해봤죠?"

망치는 어떻게 사용해야 한다는 정확한 가이드가 없다. 적은 힘으로 타격을 쉽게 가할 수 있다는 특징이 있으며, 사실상 그게 전부이며, 다양한 상황에 수시로 쓰인다. 다만, 타격으로 인해 물체가 어떻게 변형되는가에 따라 용도가 나뉜다. 무언가를 파괴할 수도 있고, 무언가에 못을 박고, 무언가를 깎기도 한다. 어떤 물체에 어떤 목적으로 타격을 가할 것인지에 따라 소재와 무게가 달라진다. 종류도 무지막지하게 많다. 타격의 정확도, 타격에 의한 충격 완화, 망치 머리 모양에 따라 종류가 나뉘는 것이다. 여러 브랜드의 망치들을 보면 망치 덕후가 있을 것 같다는 의심이 든다. 아니, 있어도 전혀 이상하지 않다. 하나하나의 불편함을 조금씩 개선하는 역사를 통해 망치의 종류는 기하급수적으로 늘어났다.

가정에서 가장 많이 쓰이는 망치는 '빠루망치'(장도리)이다. 못을 박거나 앵커와 결합된 스크루를 빼는 데 유용하다.

- 볼 망치: 볼 모양의 머리는 톡톡 두드리며 집중 타격을 가할 때 사용한다.
- 고무망치: 가구 조립에 주로 쓰이며 표면 충격을 주의해

야 하는 타격 시 사용한다.

◦ 우레탄 망치: 우레탄 재질로 타일 시공처럼 표면 충격을 줄일 때 사용한다.

◦ 무반동 망치: 무거운 작업에 쓰이며 안에 금속 볼이 들어 있어 타격 시 반동을 줄여준다.

망치도 이리저리 뜯어보고 구매하는 고관여제품이 됐으면 한다. '뭐든 박았으면 됐지'가 아니라 이리저리 뜯어보고 그때그때 편의에 따라 구매했으면 좋겠다. 내가 아는 기술자분들은 사용감을 높이기 위해 나무 손잡이를 직접 깎아 쓰기도 한다. 무턱대고 "이야, 2백 그램짜리 가볍고 좋네" 하고 샀다간 사오정 뿅망치 놀음밖에 못 할 것이다. 고무망치는 층간 소음 방지에도 도움이 된다는데 설명이 길어지면 괜한 분란만 조장할 수 있으니 이 이상은 노코멘트하겠다.

(TIP)

1. 손잡이 재질을 보자.

나무 손잡이 혹은 고무 손잡이가 있는 망치가 좋다. 나무는 철보다 충격 흡수에 좋고, 고무는 그립감을 좋게 하여 효율적인 타격에 도움을 준다.

2. 길이와 무게를 확인하자.

손잡이(전장)가 너무 짧거나 망치머리의 중량이 가벼울수록 타격력이

약하다. 망치머리 무게는 4백 그램 이상, 손잡이는 2백 밀리미터 이상이

되어야 사용이 원활하다.

3. 힘 빼고 덜 망치는 법.

우레탄 망치 > 고무 망치 > 빠루 망치순으로 좋다. 재질이 조금이라도 부

드러우면 충격을 흡수하여 손에 무리가 가지 않고, 타격이 가해지는 제

품이 손상되지 않는다. 가구를 조립할 땐 부품끼리 단차를 맞출 때 유용

하다.

이 제조사의 망치는
전용 스탠드와 함께
지역 철물점에 배송된다.

DIY 고수를 가르는 시험지, 페인트

셀프 인테리어 고수인지 아닌지를 볼 때 가장 확실한 방법은 '페인트'라고 한다. 내 방의 페인트를 직접 칠하는지를 본다고 하는데, 하겠다는 사람을 말리지는 않겠지만 페인트칠은 귀찮음을 무릅써야 하는 일이다. 페인트와 붓은 물론이고 거기에 따라오는 온갖 잡자재가 줄줄이 소시지처럼 필요하다. 페인트는 크게 수성, 유성이 있다. 흔히 수채화, 유채화와 장단점이 비슷하다. 수성페인트는 건조도 빠르고, 물로 세척이 가능하며, 냄새도 적은 대신에 내구성이 약하다. 유성페인트는 내구성이 좋은 대신 아주 독하다. 종이에 물감을 사용하여 그리는 그림(수채화)과 캔버스에 찐득찐득하게 나이프로 묻혀가며 그리는 그림(유채화)이라고 상상하면 쉽다. 근래에 DIY 문화가 발달하며 접근이 용이한 수성페인트의 성능이 유성페인트의 장점을 흡수하여 발달하고 있다. 이 밖에 에나멜, 우레탄 등 더 세밀하게 페인트가 분류되니 페인트를 반드시 어떤 표면에 칠하는지, 어떤 느낌을 만들어내는지 잘 알고 페인트 가게에 정확히 요구 사항을 말해야 한다.

- 유성: 시너로 희석, 냄새 강함, 도장력 강함, 실외 작업에
  적합.
- 수성: 물로 희석, 냄새 약함, 도장력 약함, 실내 작업에 적
  합.

사실 페인트 작업은 페인트가 주요 문제는 아니다. 어떻게 준
비하고 마무리하느냐가 더 중요하다. 드라마에서 보던 페인트칠
하면서 장난치는 커플의 모습은 잊자. 도장 기술자들이 보면 끔찍
하기 그지없는 장면이다. 짜장면 먹을 때 입에 묻히지 않는 것처럼
페인트 작업은 전후가 깔끔해야 한다. 공구상은 페인트도 웬만큼
판매하지만 엄밀히 말해 페인트칠에 필요한 여러 안전용품을 판매
한다. 요새는 DIY 페인트 패키지라고 하여 하나로 모두 묶은 제품
을 판매하고 있다.

- 붓(브러시): 평붓, 환붓, 사선붓 등으로 좁은 면적을 정확
  하게 칠한다.
- 롤러: 넓은 면적을 칠할 때 사용한다.
- 트레이: 붓을 놓을 때 사용한다.
- 시너: 유성페인트를 지우는 용도로 사용한다.
- 커버링(마스킹) 테이프: 도장할 부분과 아닌 부분을 구분
  해 접착한다.

- 비닐: 쓸데없는 곳에 페인트가 튀는 걸 방지한다.

- 일회용 작업복, 토시: 신체에 페인트가 튀는 걸 방지한다.

- 보안경, 고글: 눈에 페인트 튀는 걸 방지한다.

- 보안면: 얼굴에 튀는 것을 방지한다.

- 방진 마스크: 독성 냄새에 노출되는 것을 방지한다.

디자인 업계 종사자들은 잘 알겠지만 핸드폰 화면의 색상과 실제 페인트 색상은 다를 수 있다. 그러니 페인트 고를 때는 반드시 제품 넘버를 체크하자.

혼자는 안 돼요, 사다리

요즘 사다리 주문이 부쩍 늘어나고 있다. 집은 작아지는데 수납할 물건은 많아지면서 높은 곳에 선반을 단다든지 하여 여분의 물건을 두는 집이 늘었다. 또한, 천정이 높은 공장이 새로운 공간으로 리모델링되며 문화 공간, 카페를 운영하는 분들이 사다리를 문의한다. 사다리는 가정용으로 사용하는 거라면 몇 가지 간단한 안전 수칙만 알고 가면 된다.

사다리는 크게 세 가지 유형으로 나뉜다.

일자형 사다리

고가형, 로프형 사다리라고 불리는데 가장 높은 위치까지 올라가고 좁은 공간에 설치가 가능하지만 지대와의 접점이 2개라 위험하다. 그래서 일자형 사다리를 많이 쓰는 소방서에서는 두 명이 지탱하고 한 명이 올라가는 방식으로 훈련한다.

A형 사다리

가장 기본적인 모양의 사다리로 일자형보다 안정적이다. 하지만 역시나 넘어질 위험이 있다.

요새는 다목적 사다리라고 해서 일자형, A형을 둘 다 쓸 수 있는 혼합형이 많다.

우마형 사다리

집에서 도배, 도장 작업을 봤던 사람들은 익숙할 것이다. 우마형은 사다리꼴 모양으로 되어있어 고점이 평평한 사다리 고점의 넓은 공간을 작업할 때 쓰인다. 다만, 일자 A형만큼 높지는 않다.

사다리는 크게 이 세 가지 종류로 나뉘고, 상황에 따라서 사다리의 형태와 접점이 바뀐다. 그렇다면 사다리는 어떻게 사용해야 할까?

사다리는 혼자 사용한다는 생각은 버려야 한다. 스텝 스툴급의 작은 사다리는 상관없지만 일정 높이 이상에서는 무조건 밑에서 잡아주거나 감시하는 보조자가 필요하다. 사다리가 넘어지는 전도 현상은 순식간에 일어난다. 산업안전보건공단에서도 2인 1조를 적극적으로 권장하고 있다.

그리고 접점을 확인해야 한다. 사용하는 사다리의 접점이 몇 개인지, 바닥에 제대로 접해 있는지 확인해야 한다. 모든 생활공간의 바닥이 평평한 게 아니기 때문에 사다리 접점이 바닥과 밀착했는지를 반드시 봐야 한다. 조금의 절뚝거림은 나중에 크나큰 전도 현상을 부른다.

　마지막으로 수납이 편해야 한다. 야무지게 접어 좁은 공간에도 밀어 넣을 수 있는지, 이걸 포기한다면 인테리어 소품으로 활용 가능한지 디자인을 보자. 인테리어 소품으로 활용하고 싶다면 알루미늄보다 원목 사다리를 고르는 게 낫겠다. 가령, 이케아[IKEA]의 스텝 스툴은 사다리 역할뿐 아니라 화분 받침대로도 활용 가능하다.

택배 기사의 산초 판사, 대차

대차는 우리 일상에서 꽤 친숙한 산업용품이다. 손수레 혹은 카트로도 불린다. 무거운 짐을 끌고 수많은 집을 드나드는 택배 기사들의 필수품이기도 하고, 동계 올림픽 시즌에 대차에 올라타 루지, 스켈레톤 자세를 취하는 아이들도 있다. 최근엔 요리조리 접히고 바퀴 장·탈착도 자유로운 다목적 대차가 잘 나가더라. 분리수거 날만 되면 다들 가지각색의 대차를 끌고 나와 쓰레기를 버리는 모습이 흔해졌다. 어떻게 보면 대차를 능숙하게 쓰는 사람들이 많아졌다.

대차는 택배 기사님들한테는 꼭 있어야 할 필수품이다. 배송할 물건을 한꺼번에 대차에 업어서 하나씩 배송하는 이 방식이 배송의 효율성을 확 높여준다. 나도 어느 날 기업 납품에 들어간 적 있는데 대차를 제조사에 놓고 오는 바람에 하나하나 일일이 옮겨서 납품했던 적이 있다. 그날따라 어찌나 내 자가용보다 보고 싶던지 참…….

바퀴가 네 개면 대차, 구루마, 테크 트럭이라고 불리며 두 개면 핸드 카트라고 부른다. 이 가운데 구루마라는 단어를 가장 많이 사용하는데 구루마 하면 초록색 플라스틱판에 빨간 바퀴, 하얀 손잡이가 저절로 떠오를 것이다. 왜 초록색인지는 잘 모르겠다. 멀리서 단번에 눈에 띄기 위함인 것 같기도 하고.

한때 SNS나 여러 광고로 다목적 대차가 나왔던 때가 있었다. 디지털 생활에 익숙한 사람들이라면 기억할 텐데 대차가 가정에서 잘 쓰이려면 일단 '수납력'이 좋아야 한다는 걸 알 것이다. 그래서 바퀴를 접고 손잡이를 3단으로 접는 등 옵티머스 프라임이 컨테이너 트럭으로 다시 변신하는 것처럼 재밌는 구조로 되어 있다. 사실 난 뭔가 조금 아쉬웠다. 몇 가지 중요 요소들이 빠진 것 같아서. 정말로 대차를 자주 쓰는 사람들에게는 다른 요소가 더 중요하다.

좋은 대차를 고르는 데에는 여러 기능을 살펴봐야 하지만 개인적인 생각으로는 대차는 우선 내구성이 가장 좋아야 한다. 내구성도 단순히 물건과 짐을 올렸을 때가 아닌, 짐을 올리고 이동할 때 얼마나 '견디는 힘'이 좋은지를 봐야 한다. 이때 대차의 내구도가 보이는데 안 좋은 대차는 손잡이가 휘거나 밑에 바퀴 혹은 캐스터가 부러진다.

그리고 얼마나 '이동하기 쉬운'를 봐야 한다. 바퀴가 너무 작으면 아스팔트에서 이동하기 어렵고, 작은 턱이 있을 때 발로 힘을 줘서 넘기기도 어렵다. 내가 자주 들락날락거리는 공간 입구의 크기나 구조도 보면 좋다. 욕심내서 크기가 큰 대차를 샀다가 입구에서 접고 들어가는 경우도 많이 봤다. 또한, 바퀴가 고정형인지 이동형인지를 봐야 한다. 이동형은 대형 마트 카트처럼 360도 돌아가는 구조인데 어디서 사용하느냐에 따라 정말 편할 수도, 이리저리 컨트롤을 못 할 수도 있다.

마지막으로 이때 편의성을 보면 된다. 접어서 어떻게 수납이 가능한지를 가늠해본다. 수납에서 가장 비중이 큰 부분은 바퀴다. 바퀴가 접히느냐 안 접히느냐에 따라 서랍장과 벽 사이에 꽂아서 넣는지가 결정된다. 결국 집에서는 최대한 공간 활용을 위해 책처럼 세로로 쏙 들어가는 게 중요하니까.

방청윤활의 고유명사, WD-40

처음 글을 쓸 때 어떤 소재를 다루면 좋을지 몇 날 며칠 머리를 싸맸었다. 그러다 떠오른 것이 있었으니...... 바로 방청윤활제 WD-40다. 말 그대로 녹을 막아주고, 윤기를 더해주는데 더 깊게 들어가보면 WD-40은 일상에서 금속에 할 수 있는 모든 기능을 다 한다고 해도 무방하다.

WD-40은 원래 우주항공산업용으로 사용하는 제품이었다. 항공기에 물을 대신하여 부식을 방지하고 기름을 제거하는 역할로 사용했다. 그러나 상당히 성능이 좋아 직원들이 몰래 가정집에 가져다 쓰기 시작하며 지금의 WD-40으로 상업화되었다. 1961년에 미국 플로리다주의 허리케인 피해로 인한 자동차, 공장 기계의 수리에 WD-40이 쓰이며 성능은 확실히 입증되었다. 마흔 번의 도전정신을 상징한다고 알려진 WD-40라는 이름을 가진 이 윤활방청제는 일상에서 많은 역할을 해낸다.

첫째는 윤활이다. 금속재에 윤기를 더해준다. 금속재의 윤기는 기계적인 움직임을 활성화하고 기계의 생산 효율을 높여주는 역

어디에 두든 자연스러운 WD-40 방청윤활제.

할을 한다. 둘째는 이물질 제거다. 금속재의 녹과 물기를 제거해준다. 마지막으로 예방이다. 금속재에 얇게 도포된 WD-40의 막은 외부 물질이 닿지 않게 막아준다. 결국 WD-40은 외부 물질을 금속재로부터 완전히 차단하는 역할을 한다.

WD-40를 일상에서 사용할 수 있을까? 당연히 사용이 가능하다. 자전거, 자동차 수리는 물론이고, 문의 경첩이나 녹슨 물건에도 가능하다. (자전거, 오토바이용 WD-40으로 나오고 있다.) 나는 개인적으로 집에 있는 일렉기타 부품의 녹을, 하얀 신발의 얼룩 때를 제거하는 데 사용하고 있다. WD-40의 홈페이지에는 WD-40 팬클럽이라고 하여 사용자들이 올린 2천여 가지의 사용법이 전 세계에 공유되고 있다. 심지어 뱀이나 벌레를 쫓을 때도 WD-40을 사용할 수 있다고 한다. 물론 이 노하우들은 WD-40이 책임지지 않는 팬들의 개인적인 사용법이다.

그러나 사용에 있어서 조금 주의를 요한다. 냄새가 많이 나기 때문에 꼭 환기되는 공간에서 사용하고, 노약자나 어린이는 사용 시에 접근하지 않도록 한다. 화기를 가까이 하지 말아야 하고 먹어서도 안 된다. 손에 묻는다면 재빨리 흐르는 물에 씻어내야 한다.

WD-40이 아닌 다른 브랜드도 있다. 나바켐NAVAKEM, 일신ILSHIN 등 국내 브랜드에서도 방청윤활제가 저렴한 가격으로 판매되고 있고, 식품이나 위생용품 전용으로 쓰이는 방청윤활제도 있다. 내가 어떤 작업을 하느냐에 따라 방청윤활제를 선택하도록 하자.

우리들의 일그러진 보루

공군 정비병으로 전입했을 때 처음 했던 일이 산업용 기름걸레를 빠는 짓이었다. 그 걸레를 '보루'라고 불렀다. 드레인drain이라고 해서 전투기에 잔유를 빼는 과정이 있었는데 때마다 더러운 걸레를 직접 손으로 빨아야 했다. 일평생 맡아야 할 기름 냄새를 이때 몰아서 맡았던 것 같다. 지금 생각해보면 정말이지 지독해서 사람 할 짓이 못 되었는데, 고생은 둘째치더라도 진짜 있어서는 안 될 일이라는 걸 최근에 알았다. 어떤 공장도 보루를 빨아 쓰는 곳은 없더라. 쓴다면 와이퍼 타월을 쓰지. 결국 난 보루를 통해 군 생활을 쓰게 맛보았던 것이다.

걸레를 모아 판다는 것이 생소할지도 모르겠다. 그러나 산업 현장에서 기름때와 먼지를 제거하는 데 없어서는 안 될 물건이다. 보루는 잔옷가지로 만들어지는 경우가 대부분이다. 의류 수거함에 있는 옷들은 공구 상가에서 착실히 재활용된다. 긴팔 맨투맨 셔츠가 있다면 양소매를 잘라 봉제하여 토시로 만들고 나머지는 오징어처럼 쭉쭉 잘라서 커다란 봉지에 묶음 포장된다. 이 보루도 원단에 따라 급이 갈리는데 분류되는 과정이 흥미롭다. 석유 뽑아서 휘발유, 경유, 등유 등 각 종류의 기름을 만드는 것처럼. 원단을 딱히 구분하지 않으면 보루 잡대, 대충 흰색 계열로 모아놓으면 백대, 이게 점점 명도가 높아지면 가격이 높아진다. 또 수건만 모으면 수건 보루, 면만 모으면 면 보루 등 어떤 원단으로 구성되어 있는가에 따라 분류되기도 한다. 싸게는 2천 원대부터 비싸게는 3만 원대까지 세분화되어 고객은 각자의 작업 환경에 맞는 보루를 선택한다. 가끔 지켜주지 못한 고급 브랜드 로고를 볼 때도 있다. 왕년에는 50만 원이었는데 이제는 5천 원짜리 비닐봉지에 들어 있는 모양을 보자면, 또 사람 인생 보는 것 같고 그렇다.

브랜드나 가치가 따로 필요 없다. 보루는 무조건 실용성이 으뜸으로 기름이나 이물질이나 잘 닦으면 그만인 것을 요새는 대체재로 좋은 와이퍼 타월들이 나오지만 여전히 보루는 잘 거래되는 잡자재 중 하나이다. 목적이 뚜렷한 와이퍼 타월이 옷 쪼가리보다 더 뛰어난데 한편으로는 알뜰하게 쓰이는 보루가 더 쓰였으면 좋겠다. 공장에서 새롭게 찍히는 새 와이퍼 타월보다 우리가 입던 옷으로 만든 보루가 더 정겨움이 느껴진다.

속 시원한 자연의 힘, 에어 공구

어렸을 때의 일이다. 언제부턴가 동네 곳곳에 자전거 바람 넣는 스탠드가 설치되기 시작했다. 자전거 바람을 넣기도 하고 여름이면 장난 삼아 친구 얼굴에 대고 쏘기도 했다. 시간이 지나 실컷 뛰논 학생들의 옷가지에 배인 운동장 먼지 털라고 그런 에어건을 배치해둔 학교도 봤었다. 지금은 주유소에서 많이 본다. 이 에어건 하나와 10분을 쓸 수 있는 5백 원만 있다면 차 안 먼지가 말끔히 사라지니까. 일상생활에서 가장 많이 보는 이 에어건, 공기의 힘이 참 다양하게 쓰인다. 공구도 마찬가지다.

공구가 작동되는 방식은 대표적으로 몇 가지가 있다. 사람의 힘으로 작동하면 '수공구', 전기로 작동하면 '전동공구', 유압으로 작동하면 '유압 공구', 마지막으로 공기로 작동하는 '에어 공구'. 에어 공구는 공기가 압축되었다가 튀어나가는 원리를 이용하여 힘을 가하는 공구라고 보면 된다. 옛날에 예능 프로그램에서 퀴즈를 못 맞춘 게스트의 입에 강한 압력의 바람을 쏴 잇몸을 내보이게 하는 벌을 내린 몇 장면이 떠오르는데 그때 쓰인 공구가 바로 에어 공구다.

에어 공구는 주로 전동공구의 부족한 점을 메꿔준다. 우선 힘이 좋다. 특히 순간적인 힘이 좋아서 볼트와 너트를 아주 높은 토크값으로 순식간에 체결해버린다. 주로 중장비 작업에 쓰인다. 우리가 흔히 볼 수 있는 곳은 카센터. 카센터에서는 에어 임팩트렌치로 드르륵 볼트를 조여버린다. 마치 〈원피스〉 루피의 기어2처럼 한 번 힘을 팍 주면서 딱 해결되는 느낌이다. 또한 크기도 작고, 무게도 별로 안 나간다.

다만, 이 에어 공구는 컴프레셔라고 공기를 압축해주는 기계가 필요한데 이 기계가 기본적으로 이동하기가 어렵다. 그래서 에어 공구는 이동성이 안 좋다. 공장에서는 한곳에 정착하여 거기서 계속 제품을 생산하는 역할로 쓰인다. 또, 에어컴프레셔에는 일정의 전기나 유압이 필요할 때도 있다.

에어 공구는 다른 자질구레한 부속품들도 좀 필요하다. 에어 호스는 물론이고, 에어 호스(에어 릴)와 공구를 연결하는 에어 카플러나 반도 같은 여러 부속품들이 조금씩 들어간다. 어떻게 보면 에어 공구를 사용하기 위해서는 상당히 일을 벌여야 할 때도 있다.

에어 공구에서 가장 잘 쓰이는 TOP3는 에어 임팩트렌치, 에어 스프레이건, 에어 타카이다. 특히나 에어 타카는 그 에어 공구만의 순간적인 힘 때문인지 손, 전기 타카보다 타공력이 막강하다. 그래서 두꺼운 자재를 접합하는 작업에 에어 타카가 쓰인다. 또는 못을 박는 에어 타정기가 있다. 에어 타카에 비해 손 타카는 거의 A4 용지 스테이플러질 하는 거나 다름없다. 에어 공구는 따로 명가가 있다. 해외엔 잉가솔랜드Ingersoll Rand, 베셀VESSEL 국내엔 양산기공, UDT 같은 브랜드들이 품질 좋은 에어 공구를 생산하고 있다.

내가 일하는 곳에서 10분만 차를 몰고 가면 탁 트인 바다가 나온다. 근방을 지날 때 차창을 살짝 열면 세찬 해풍이 이마를 팍팍 때리며 머리카락을 싹 빗어 넘긴다. 이럴 때 느낀다. 바람의 힘을 잘 조절하면 볼트 하나 조이는 건 문제없겠다고. 오히려 전기보다 더 잠재적인 힘을 가진 것은 아닐지 문득 그런 생각이 드는 것이다.

홈 퍼니싱의 마무리, 수평기

수평기를 처음 제대로 써본 것은 프랑스 파리에서 〈Paris Artistes 2017〉라는 디자인 전시 행사가 있을 때였다. 각 브랜드와 작가들마다 가로세로 2미터 정도 되는 공간을 사용하였는데 우리는 아홉 개의 정사각형 일러스트 액자를 큐브처럼 3X3(개) 배열로 걸기로 했다. 이때 캐리어에 챙겨온 레이저 수평기를 아주 잘 썼던 기억이 난다. 삼각대에 수평기를 세팅하고 레이저로 쏜 십자가에 맞춰가며 액자를 걸었다.

다양한 DIY 활동에 사람들이 보다 적극적으로 뛰어들면서 수평기가 점점 소비자의 눈에도 들어오는 모양이다. 줄, 직각, 삼각자를 써가면서 정교하게 하나의 제품을 만들었다면 이제 그 제품을 원하는 모양으로, 올바른 위치에 놓기 위해 필요한 것이 수평기다. 수평기는 수평계, 수평자, 레벨기 등 다양한 이름으로 불리지만 사용 목적은 어쨌든 '물건을 최적의 자리에 놓기 위함'이다.

수평기는 일상생활에서 은근히 쓰임이 많다. 벽면에 액자를 걸 때나, 벽걸이 TV를 설치할 때, 작품을 전시할 때 사용하는 홈 퍼니싱의 마무리 투수와 같다. 에테르나 알코올로 채워진 관 안의 기포 중앙점을 보면서 수평을 보는 방식이 가장 대부분이다. (이 기포 방식은 카메라 삼각대에 달려 있기도 하다.) 최근에는 공간 전체를 셀프 인테리어 하는 고수분들이 많아져 레이저 레벨기도 심심치 않게 인기를 끄는 중이다. 가장 많이 쓰는 수평기 종류를 꼽아보면 세 가지가 있다.

일반 수평기

작은 열쇠고리 모양부터 기다란 자 형태까지 다양하며 보편적으로 쓰인다. 기포는 대부분 수평 기포, 수직 기포, 45도 기포 세 가지가 달려 있으며 철제에 쓰일 수 있게 자석, 표준 각도를 정하는 각도 다이얼이 옵션으로 붙어 있다.

원형 수평기

영화 〈인셉션〉의 '팽이'처럼 가운데에 놓고 여러 방향의 수평이 맞는지 측정해주는 나침반 형태의 원형 수평기이다. 개인적으로 책상의 높낮이를 맞출 때 꽤 유용하게 썼다.

레이저 레벨기

수평기 시장에서 빠르게 성장하며 훗날 평정하지 않을까 싶다. 수직 수평은 물론이고 공간의 360도 수평을 측정해준다. 전문가들은 어떤 부분을 레이저로 나타내줄지 세팅해놓고 공간 가운데에 켜놓고 작업한다. 정교할수록 가격이 천차만별이고 최근에는 일반인들도 쉽게 쓸 수 있게 미니 사이즈로도 나오고 있다. 정확한 필요성을 느낀 후에 사자. 무턱대고 사면 애물단지가 되는 경우도 허다하다.

최근엔 스마트폰 앱으로도 출시되고 있는데 비상용으로 쓰일 수는 있으나 일반 수평기보다는 정확성이 떨어질 수 있다. 그 정도로 수평기는 정갈한 홈 퍼니싱의 수단으로 여겨지며 보편화되고 있다. 가정용으로 쓰이는 데에는 길이는 2백~3백 밀리미터가 적당하다. 직자 역할도 하며 자연의 섭리를 따르는 기포 형식을 추천한다. 여기서 필요성이 더해지면 디지털 방식으로 업그레이드하시고 나중에는 레이저 레벨기로 마무리하시라!

수평기는 독일의 스타빌라STARVILLA, 한국의 코메론, 에스비SB 등 가성비 높은 브랜드들이 많으니 취향에 맞게 선택하면 된다. 다만, 수평기도 측정 도구의 하나로 믿을 만한 품질이 요구되니 브랜드를 잘 따져보고 사도록 하자.

덕질이 필요하다면, 공구함

이케아에 따로 수납 코너가 생겼다. 예전부터 수납에 관심이 많았던 나는 이리저리 수납함을 찾아 헤맸지만 이제는 한곳에 떡하니 모여 있으니 보기가 편해 쏠쏠한 재미가 생겼다. 한편으로는 이렇게 생활에서 수납이 중요해졌다는 생각이 들기도 한다. 일각에서는 수납함이 많아지는 건 좋은 정리가 아니라고도 하지만.

홈 퍼니싱, 인테리어 문화가 늘어나면서 정리 문화도 성장하게 되었다. 정리를 대행해주는 사업도 생겼고, 일본에서는 이미 '곤도 마리에'라는 사람의 정리법이 세계적으로 유명해지기도 했다. 한국에서는 최근에서야 좀 주목받기 시작했다. 이제는 꼭 엄마만의 고민이 아닌 가족 모두의 고민이자 심지어 하나의 취미로 자리 잡았다. 집안 살림은 어떻게 집 안에 효율적으로 물건이 수납되었는지에 따라 고, 중, 하수로 나뉜다.

예전에 고객처 중 한 곳이 펜치, 줄자 같은 인테리어 공구와 함께 정리까지 부탁한 적이 있었다. 그래서 공구 상가의 볼트 가게와 수공구 가게를 돌아다니면서 어떻게 부품들을 정리하고 진열하는

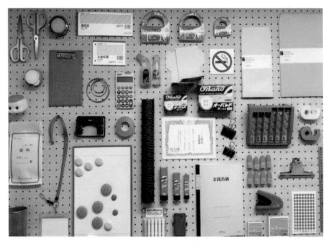

키덜트 마니아의 욕구를 자극하는 생활 공구들.

지 연구했다. 그러면서 공구함의 쓰임새를 많이 깨달았다. 공구함은 다양하고 우리가 생각하는 것 이상으로 쓸모가 많다.

사실 공구함은 가정에 하나쯤 있지만 그다지 신경 쓰지 않는 물건 중 하나이다. 그냥 공구를 넣을 수 있는 공간이 없으니 어쩔 수 없이 넣는 케이스 정도 취급을 받는데 알고 보면 공구함도 종류가 다양하고 뜯어볼수록 재밌는 산업용품이다. 어떻게 운반되는지, 어떤 제품들이 수납되는지, 주위 환경이 어떠한지에 따라 용도가 제각각이다.

공구함은 분류에 특화되어 있다. 망치가 있으면 못이 있고, 못도 나무못, 콘크리트못이 있고 또 길이도 다르다. 이렇게 산업용품은 다양하면서 상황에 따라 조합된다. 그렇다 보면 뒤죽박죽 섞이기 마련인데 여기서 공구함은 산업용품들을 가지런히 정리하고 분류해준다. 공구함은 대부분 공간이 작게 작게 쪼개져 있는 경우가 많다. 인테리어 기술자들은 각각의 작업에 따라 산업용품을 분리하기 위하여 작업별 공구함을 만들어놓는 경우가 많다고 한다. 트럭, 봉고에 작업별로 공구함을 놓고 필요한 순간 슥 꺼내서 가져가면 되니까.

그래서 공구함을 선택할 때 되도록 내가 어떤 산업용품을 수납할 것인지 정확하게 아는 것이 필요하다. 450밀리미터 수평기를 넣어야 하는데 공구함이 그보다 작다거나, 볼트와 너트, 피스들을 담아야 하는데 멀티박스가 없다거나 하면 공구함의 분류력을 백퍼센트 활용하지 못한다. 그냥 대충 다 때려 넣겠단 생각보다 정리를 하겠다는 생각으로 사는 게 좋다. 또한, 작업 후 잔여물이 나오는 공구들을 따로 수납할 공간이 있는 여지를 둬도 된다.

내구성도 역시 좋아야 한다. 가격이 조금 나가는 것들은 공구를 담는 용도보다 공구를 보호하는 용도가 더 강하다. 그래서 기술자들은 그걸 발판 삼아 올라가기도 한다. 이를 위해 알루미늄 철판을 덧댄 공구함도 있다.

공구함에 욕심을 내는 건 기술자들 역시 마찬가지이다. 디월트의 '티스텍'이니, 밀워키의 '팩아웃'이 좋니 하면서 투닥투닥 언쟁을 벌이기도 하고, 우리가 일반 패션 가방이나 캐리어를 사는 것처럼 공구함을 수집하는 어르신들도 있다. 각이 딱 잡혀 있고 탱크 같은 모양을 지녔기에 상남자 취향인 어르신들이 많이 좋아한다. 이제 프리미엄 전동공구 브랜드뿐 아니라 다양한 브랜드에서 좋은 품질의 공구함이 나오고 있다.

과거에 비해 좀 더 대중 친화적인 제품들이 출시되고 있다. 색깔도 화려해지고, 수납공간은 물론이거니와 사용자 편의를 고려한 디자인이 워낙 기발해서 이건 그냥 공구함으로 파는 데서 그치지 않았으면 좋겠다는 아쉬움이 든다. 요즘 들어 부쩍 공구함에 애착이 간다. 평소에 깔끔하게 정리를 못 하는 내 단점을 보완해주고, 코로나19로 재택의 빈도가 늘어나면서 인테리어에 대한 관심의 증가, 인테리어 문화 발전이라는 사회 현상을 보니 더 그렇다.

알면 좋은 산업용품 용어들

디자인 브랜드에서 일하던 시절, 동대문 사입을 가야 할 때가 있었다. 기 센 동대문 상인들이 많다고 들어서 긴장하고 있었는데 의류 쇼핑몰을 운영하는 한 지인이 몇 가지 요령만 알고 가면 홀대당하지 않는다고 조언을 해줬었다. 최대한 후줄근하게 입고, 상황을 봐서 과감하게 반존대를 해야 한다고 이리저리 귀띔해줬었다. 그중 하나가 동대문 시장에서 실제 쓰이는 용어를 몇 개 알고 가는 것이었다. 동대문 사입 용어를 숙지하고 말한다면 그쪽에서도 함부로 대하지 못한다고 했다.

산업용품도 마찬가지다. 나도 처음 공구상을 시작했을 때 스냅링 플라이어가 오므려지는지 벌려지는지를 잘 몰라서 도매상한테 귀여운(?) 핀잔을 들은 적이 있다. 이런 수모를 겪고 싶지 않다면 은어 몇 개를 알고 가면 짬 있는 척이 가능하다.

다마: 전구.

열처리: 담금질을 몇 번 한 강도 높은 소재, 임팩트용 소켓

이라고 보면 된다.

임팩: 임팩트용.

까대기: 택배 상하차, 물건 포장을 뜯고 적재하고 하는 모든 일을 통틀어 말하기도 한다.

SUS(서스): 스테인리스, 스댕.

아다리: 용접 눈뽕.

깔깔이, 겐사끼: 래칫 렌치.

다가네: 치즐, 대평.

가네: 휨 정도.

넷공, 와따시공, 와따공: WD-40, 윤활방청제.

록타이트: 접착제.

헤베, 루베: 1제곱미터, 1세제곱미터.

빠데: 퍼티.

바께스: 바스켓.

복스알: 소켓.

자바라: 주름져서 아코디언처럼 접을 수 있는, 플렉시블.

캐스터: 이동용 바퀴.

몽키: 멍키스패너.

콤비: 콤비네이션 렌치.

구루마: 핸드카트.

기리: 드릴 비트.

\\\

뽁뽁이: 에어캡.

랩: 스트레치랩.

시마이: 일을 끝내다.

    단어에는 탄생의 이유가 있다고 한다. 한 사회의 문화에서 사용자의 습관, 집단의 약속된 행동에 따라 단어는 무수히 생성된다. 공구, 산업용품 분야에서도 그럴 것이다. 기술의 발전 속도가 다소 앞섰던 이웃 나라의 새로운 제품들을 수입하며, 다급하게 업무를 보는 가운데 굳어진 규범들이 일상이 되는 과정에서 이처럼 낯설고 독특한 단어들이 탄생했을 것이다. 우리말이 아닌 탓에 불편한 부분이 있고 바로잡아야 할 필요성도 있다. 하나 이렇듯 구전되며 쓰이는 은어들이 업계 생태계를 탄탄하게 만드는 데 일조하지 않았을까 하는 생각이 든다.

오늘 우리가 힘을 낸다는 것

그래, 나는 얼결에 이 업계에 발을 들였다. 원하든 원치 않든 아버지를 따라 공구상이라는 사업을 시작하고 나름의 경험을 쌓아가며 이 비바람 휘몰아치는 현장을 '나만' 다니는 줄 알았다. 그런데 아니었다! 나와 마찬가지로 2세 경영을 시작한 사람이 굉장히 많았다. 철물점 인터넷 커뮤니티에 들어간 이후 같은 처지에 있는 사람들을 만났다. 마치 머나먼 타지에 있던 내가 떠돌이 생활을 끝내고 고국에 돌아온 느낌처럼 커다란 안정감을 주었다.

가입자 대부분이 공구상 2세임을 알 수 있는 대화가 종종 눈에 띈다. 아버지와 뜻이 맞지 않아 싸웠던 일을 누군가 말하면 금세 답장이 달리며 공감대가 형성된다. 이들도 나처럼 아버지와 대립하며 마음대로 일하지 못하는 답답함이 있었나 보다. 전통과 트렌

\\\

드의 충돌, 장인 정신과 신기술의 갈등. 윗세대는 자신이 갈고 닦았던 실력이 먼저, 아랫 세대는 앞으로 다가올 시대적 변화, 환경 적응이 먼저라고 여기기 때문이다. 제삼자가 보기엔 둘 다 맞는 말이니까 둘 다 하면 된다고도 한다. 그러나 반드시 선택해야 할 순간이 온다. 어떤 걸 먼저 시작하느냐에 따라 기업의 방향성이 달라지니까.

요즘이 한창 공구상 2세들이 가업을 이어받는 시기인 듯하다. 산업 발전과 함께 공구 상가가 1970~1980년대에 생겼으니 그때 첫발을 뗀 분들이 지금쯤이면 20대~40대 자식에게 일을 물려주는 시기이다. 특히나 혼자 꾸려 오신 분들이라면 믿을 사람도, 물려줄 사람도 없으니 당연히 자식에게 자리를 내줄 수밖에 없는 상황. 자식들은 꿈에도 몰랐을 것이다. 내 나름의 커리어 패스가 있었는데 하루아침에 공구상이 되라는 것이 어떻게 말이나 되는지.

펜대를 잡고 컴퓨터 타이핑만 하던 내 손가락이 공구와 산업용품을 만지게 되자 어쩔 땐 한숨이 절로 나왔다. 거칠고 불편한 일, 극도로 섬세한 만큼 섬세하게 다치는 일. 가업을 잇는다는 것 자체가 내 인생을 크게 봤을 때 과연 맞는 방향인지, 그저 스스로 원래 하던 일에 대한 직업적 자부심이 없다는 것의 방증에 그치진 않는지 오랜 시간 고민했다. 두꺼운 카탈로그와 공구 책을 보니 머리가 지끈거리며 포기하고 싶다는 마음이 들 때도 참 많았다. 함께 일했던 동료, 같이 지냈던 친구들과 공유할 수 있는 대화 소재가 줄어들기도 했다. 맛집보다는 한식 뷔페를, 아메리카노보다는 믹스커피에 저절로 손이 가는 스스로가 낯설게 느껴지던 것도 잠시, 오랜 시간 몸에 밴 취향의 껍데기들이 서서히 벗겨지는 느낌이 든다.

공구상은 확실히 청년 세대가 선호하는 일은 아니다. 나와 처지가 비슷한 공구상 2세들도 처음부터 이 일을 좋아하지는 않았을 것이다. 그런데 주위의 공기가 달라지고 있다는 느낌이 들 때가 있다. 차근차근 충분히 쌓은 지식을 기반으로 우리의 역량이 서서히 융합되어 새로운 생태계가 만들어진다. 자신만의 감각으로 산업용품, 공구를 해석하고 탄탄한 실력으로 이 생태계를 새롭게 꾸미고 있다. 멋진 쇼핑몰과 자유로운 미디어 채널이 넘실거리며 일반 소비자들이 산업용품에 관심을 보이기 시작했다. 나와 같은 공구상 2세들에게 이야기하고 싶다. 완전히 바꾸지는 못하겠지만 어쨌든 이 산업용품, 공구 생태계를 멋지게 만들어봤으면 좋겠다. 여태껏 각자 축적해온 멋진 경험들을 과감하게 혼합하여 다른 문화를 만들어보자고. 그러니 좀 더 힘내라고, 같이 힘내자고 말하고 싶다.

나와 당신이 지금 하고 있는 일은 전혀 잘못되지 않았다. 미래를 위한 시도이고, 이렇게 해야 우리가 진심으로 좋아하고 누릴 수 있는 공구상 생태계를 만든다. 어쩔 수 없이 물려받은 역사가 아니라 자발적으로 개척하는 창업 정신이 스며든 분야였으면 좋겠다. 또 우리에게 주어진 것은 어쩔 수 없이 물려받은 고장 난 물건이 아니라 자발적으로 고칠 수 있는 살림이다. 그렇게 흐름이 바뀌고 공기가 바뀌고 마침내 스스로 자부심을 느끼는 나, 세상으로부터 떳떳하게 대우받는 공구상이기를 오늘도 바란다.

\\\

부록

취급 주의

한국산업안전보건공단에서 말하는 올바른 공구 취급 작업은?

〈전동공구 작업〉

- 전기, 기계 기구를 사용할 때는 누전에 대비하는 조치를 취합니다.

- 작업 중에 날아드는 파편에 대비하여 보안면, 보안경 등을 착용합니다.

- 대지 전압 150V를 초과하는 전동공구 사용 시 전원 측에 감전방지용
  누전차단기가 있는지 확인합니다.

〈수공구 작업〉

- 앉아서 하는 작업을 서서 하여 작업 높이를 조정합니다.

- 한 가지 수공구로 장시간 사용하지 않고 순환 작업을 합니다. 동일한
  작업을 반복할 시 손목 터널 증후군, 건초염의 원인이 될 수 있습니다.

- 손목 굽힘, 비틀림, 어깨 들림 등의 부적절한 자세를 취하지 않습니다.

공구 사용 후, 폐공구 및 기타 잡자재 등 쓰레기 처리는 어떻게 하면 되
나요?

철과 플라스틱은 재활용 봉투에 버리고, 셀프 인테리어가 끝난 폐자재는 특수규격 쓰레기봉투(특수 마대)에 처리합니다. 단, 목재의 경우에는 가구를 처분할 때와 동일하게 동사무소에 신고하고 관리 사무소에 문의한 뒤에 버려야 합니다.

실내에서 페인트 혹은 화학제 사용 중 호흡기, 피부 질환 등 사용 시 발생할 수 있는 문제와 예방법에 대해 알려주세요.

- 호흡기나, 피부 트러블은 화학용품 사용 시에 발생하는 위험이라 예방하는 게 좋습니다.
- 물로만 세척되지 않는 제품도 있으니 화학제를 사용할 때엔 반드시 취급 주의 사항을 읽고 그에 따릅니다.
- 모든 제품은 노약자가 있는 곳에서 가급적 사용하지 않습니다.
- 위생 마스크, 방진 마스크를 착용해야 합니다.
- 라이터, 토치 등 화기에 가까이 해서는 안 됩니다.

공구 사용으로 인한 실제 사고 사례는 어떤 것들이 있나요?

공구 사용과 관련된 사고는 많습니다. 한국산업안전보건공단에서 산업별, 작업별 사례를 수집하여 소개하고 안전 수칙을 만들어나가고 있습니다. 사다리에서 떨어지거나, 높은 곳에서 망치의 헤드나 건자재가 떨어져 부상을 입는 등 산업 현장은 물론이거니와 가정 내에서도 사고가 빈번합니다. 가능한 한 한 가지 작업을 두고 2인 이상이 함께 움직이는 것이 좋습니다.

〈사고 사례〉

- 사다리의 불안정한 설치로 인한 추락 사고.

- 전선 피복의 손상 및 누전으로 인한 감전.

- 보안면 미착용으로 튀는 파편으로 인한 인체 손상.

- 수공구를 사용하지 않은 손작업으로 기계에 끼임.

- 소음 장시간 노출로 청력 손상.

- 마스크 미착용으로 독성 물질 노출 등.

공구 보관 방법과 교체 시기에 대해 알려주세요.

공구는 유통 기한이 따로 있는 것이 아니라 습기만 조심하면 오랫동안 보관이 가능합니다. 그러나 수공구가 아닌 화학제의 경우는 1년 정도 지나면 상태를 확인해봐야 합니다.

공구 보관은 기술자들 사이에서 여러 창의적인 방법이 온라인에서 많이 공유되고 있는데 대표적으로는 공구함이나 타공(페그) 보드, 마그네틱 툴바(벽면에 자석을 부착하는 형태)를 이용하는 방법이 있습니다. 그 밖에 책장, 폴딩 박스, 우유 박스, 부품 상자 등을 활용하기도 합니다. 구글(https://www.google.co.kr/)이나 핀터레스트(https://www.pinterest.co.kr/)를 활용해 공구 진열에 관한 이미지를 다양하게 참고할 수 있습니다.

Q&A 09

01. 공구 상가에 가게가 너무 많습니다. 어떤 가게를 가면 될까요?

동네 철물점은 주변 상권에 따라 취급 품목이 다릅니다. 동네 철물점은 주로 일반인이 많이 쓰는 제품들이 많아 간단한 집수리, 인테리어에 적합합니다. 반면, 일상에서 잘 쓰지 않는 전문적인 제품의 경우에는 공구 상가에 방문해야 합니다.

공구 상가에서도 마찬가지입니다. 전문성이 요구되는 제품이라면 그 제품군을 전문적으로 파는 가게를 가야 합니다. 가령, 일반적인 페인트 붓은 종합상사에 방문하면 되지만, 특수한 형태이거나 규격을 가진 붓은 브러시 전문 가게에 가야 합니다. 공구 상가 정문 부근에 종합상사, 전동공구 대리점이 위치하고 조금 더 안쪽으로 들어가면 카테고리별 전문 상점이 있습니다.

02. 인터넷에서 쉽게 공구를 찾는 방법이 없을까요?

요즘은 너 나 할 것 없이 온라인 쇼핑의 초고수지만 공구, 산업용품에서는 몇 가지 유심히 들여다봐야 하는 부분이 있습니다.

하나, 모델명. 한 제품 안에서 다양한 모양과 사이즈가 주어지기 때문에 눈대중이나 자세한 사이즈를 아는 것보다 정확한 모델명 하나를 알고 있는 것이 좋습니다. 모델명에는 사이즈 정보, 재질 등의 축약어가 포함되는 경우가 많습니다.

둘, 사이즈. 공구는 제품이 소개된 한 페이지에 옵션이 많기 때문에 메인 이미지와 실제 내가 사려는 제품의 모양이 다를 수 있습니다. 반드시 사이즈를 정확히 알아야 합니다.

셋, 배송비(무료, 일반, 화물). 최저가로 알뜰살뜰하게 사고 싶다면 배송비를 반드시 챙겨야 합니다. 공구는 이형 제품이 많아 화물로 처리되는 경우가 있기 때문입니다. 일반 택배는 3천 원, 화물은 6천 원 정도이고 화물이 일반 택배보다는 빠른 편입니다.

이렇게 물건 구입 전, 세 가지 사항만이라도 확인한다면 실수할 확률이 현저하게 줄어듭니다. 만약 잘 모르겠다면 해당 쇼핑몰에 현재 본인이 하고 있는 작업 상황을 설명한 문의 글을 남겨보는 것이 좋습니다.

03. 동작이 많은 작업 시, 안전복을 대체할 만한 적절한 복장이 있을까요?

종종 작업복이 없는 친구들과 일할 때 알려줍니다. 상의는 맨투맨 티나 후드 티를 입고 바지는 청바지나 조거 팬츠가 좋습니다. 면바지의 경우는 찢어질 염려가 있으니 편하더라도 지양하는 게 좋습니다. 신발의 경우는 작업 중 미끄러짐을 방지하기 위해 논슬립을 택하고 편안함을 위해 엠보싱이 있는 것을 선택합니다. 금방 더러워지는 밝은색 대신 어두운 색의 운동화가 좋습니다.

04. 캠핑 등 야외 활동에서 필요한 차량 보관용 필수 공구를 알려주세요.
경험상 가장 많이 판매되는 캠핑용품을 알려드릴게요. 코로나19의 유행이 무색하게 근래에 사람들의 야외 활동이 많아지면서 전문 캠핑 브랜드뿐만 아니라 공구 브랜드에서도 캠핑용품 대용으로 많은 제품이 출시되고 있습니다.

- 다용도 나이프: 맥가이버 칼이라고도 불리는 이것. 가볍게 소지하면서 이곳저곳에 두루 쓰입니다.
- 도끼: 장작 패는 데 사용. 작은 손도끼가 인기가 많습니다.
- 팩망치: 야외에서 텐트를 설치할 계획이라면 반드시 챙겨야 할 필수품.
- 작업등: 야간에 조명으로 사용하는데 핸디 작업등도 많이 씁니다.
- 미니 소화기: 화재에 대비하여 개인 차량에 휴대하세요.
- 내열 장갑: 뜨거운 장작이나 화로를 만질 때 사용합니다.
- 접이식 톱: 나무 잔가지를 자를 때 유용하게 쓰입니다.
- 부탄가스형 토치: 주로 자동형을 많이 쓰는데 이따금 공업용도 판매됩니다.
- 전기 릴: 전기 끌어올 때 사용하는데 크기가 점점 작아지면서 휴대하기 편해지고 있습니다.

- 다목적 가위: 무언가를 끊어내거나 자를 때 다용도로 사용 가능합니다.

05. 주요 브랜드별 특징을 간단하게 요약해주시면 구매할 때 도움이 될 것 같아요.

생활에서 가장 많이 쓰이는 전동공구 위주로 이야기를 해볼까요. 전동공구는 수요가 특정 브랜드에 편향되어 있는데 그 밖에도 가격과 성능이 천차만별인 다양한 브랜드가 많습니다. 국내에서는 디월트, 밀워키, 마끼다가 가장 인기가 많습니다.

- 디월트DEWALT: 목수들에게 사랑받는 국내시장 NO.1 브랜드.
- 밀워키milwaukee: 디월트의 추격자, 철공용 공구, 특히 임팩트 분야에서 강세.
- 마끼다makita: 공장 현장 기술자에게 사랑받는 브랜드.
- 메타보metabo: 기술자들 사이에서 은근히 알려진 독일 브랜드.
- 스탠리stanley, 블랙앤데커BLACK+DECKER: 디월트와 형제 브랜드이며 디월트는 프리미엄 라인입니다.
- 계양: 핸드 그라인더만큼은 뜨겁게 사랑받는 국내 브랜드.
- 페스툴FESTOOL: 전공공구계의 샤넬, 최고급 목공용 공구 브랜드.
- 힐티HILTI: 함마(해머) 드릴 분야에서 최고의 성능을 자랑하는 고급 브랜드.

\\\

- 아임삭: 가격과 성능, 두 마리 토끼를 모두 잡은 국내 브랜드.

- 보쉬BOSCH: 가정용 전동공구 분야에서 인기 있는 독일 브랜드.

- 웍스WORX: 최근 떠오르고 있는 가성비가 좋은 브랜드.

06. 충간 소음 때문에 걱정입니다. 공구 사용 시 소음을 줄일 방법이 있을까요?

저소음 공구 종류가 존재하나 소음을 완전히 차단하기는 어렵습니다. 숙련된 기술을 이용하여 소음을 줄이는 것이 가장 좋다고 생각합니다. 그래도 굳이 생각을 전하자면 공구를 고를 때 철재보다는 목재, 목재보다는 고무로 된 제품을 사용하는 게 소음을 확실하게 줄여줍니다.

07. 한두 번의 작은 공사를 위해 집에 공구를 들여놓기엔 부담스러운 사람들을 위한 공구 대여, 배달 서비스 등은 없을까요?

중장비로 대여 서비스는 발달하였지만 전동공구, 수공구 종류는 전국적인 대여 서비스가 없다고 봅니다. 동네 철물점을 방문하면 공구를 대여해주기도 하고, 동사무소나 주민 센터에서도 무료로 대여해줍니다. 힐티 같은 경우는 전동공구 렌털 서비스를 하고 있습니다. 또 여성을 위해 여성이 만든 주택수리 서비스 라이커스(like-us.co.kr)가 있습니다. 여성 수리 기사가 방문해 정확하고 세심한 설명과 더불어 편안한 서비스를 제공한다고 합니다. 공구 배달 서비스는 제가 한번 해봐야겠네요!

08. 공구 초보가 활용하면 좋을 유튜브 등 온라인 채널이 있다면 소개 부탁드립니다.

공구 초보라면 '제품을 잘 알기', '사용 방법을 습득하기' 이 두 가지 과정을 통하여 공구를 써보면 좋습니다. 공구 사용법은 유튜브에 검색하면 정말 실력이 빼어난 기술자분들이 소개를 많이 해줍니다. 저는 공구상이니 공구 제품을 중심으로 채널을 소개해보겠습니다.

〈유튜브〉

- 공구왕 황부장: 공구분야 NO.1 채널(https://www.youtube.com/user/ryoshin74).

- 철물점TV: 공구의 디테일을 하나하나 짚어가며 잘 설명해줍니다. (https://www.youtube.com/channel/UCjRnEnNbcMt1f4xX0ILt5Mg)

- 툴 플레이어: 전동공구를 보기에 좋습니다. (https://www.youtube.com/channel/UCv9KfRS16BxoQdJhYNFAHGw)

- 폴라베어 전실장: 인테리어 작업을 주로 다루며 사용되는 공구를 모니터링하고 꼼꼼하게 설명해줍니다. (https://www.youtube.com/chan-nel/UCsjOqE2Mdla-5p9FyjLklxg)

- 인테리어 하는 나르 NAR tv: 여성이 선호하는, 디자인이 탁월한 공구를 모니터링합니다. (https://www.youtube.com/channel/UCHUL-8CKzq0sGWJWZ0rm4oHQ)

- MACHO MAN(마초맨): 이분의 손기술이 좋아 어떤 제품을 쓰는지 지

켜봅니다. (https://www.youtube.com/channel/UCtn-l7Gro2T2eFMsN-11qpeQ)

〈잡지〉

- 월간 TOOL(툴·공구사랑): 산업 공구 월간지로 공구상 인터뷰를 싣고 공구 브랜드를 소개합니다.
- 월간 한국기계공구: 산업 용재 전문지로 공구 브랜드 소개와 제품 설명을 제공합니다.

09. 공구 사용을 직간접적으로 체험할 수 있는 오프라인 공간이 있을까요?

공구를 사용해볼 공간이 국내에 아직 많지 않습니다. '에이스 하드웨어'와 같은 규모 있는 매장이나 디월트, 밀워키와 같은 제조사 브랜드 매장에서 공구를 사용해볼 수 있습니다. 아니면 공구 박람회, 건축 박람회, 인테리어 박람회 등을 찾아보시면 참관사의 부스에서 시연해볼 수 있습니다. 재밌고 신기한 제품들이 많으니 절대 시간이 아깝지 않을 거예요. 또 참고로 2021년 10월엔 서울국제공구전이 열립니다.

오늘부터
공구로운 생활

지은이 정재영
펴낸이 주연선

1판 1쇄 발행 2021년 5월 28일

ISBN 979-11-91071-51-1 03810

총괄이사 이진희
책임편집 허단
표지 및 본문 디자인 스튜디오진진
마케팅 장병수 김진겸 이선행 강원모 정혜윤
관리 김두만 유효정 박초희

lik-it

04035 서울특별시 마포구 양화로11길 54
전화 02)3143-0651~3 | **팩스** 02)3143-0654
신고번호 제1997-000168호(1997.12.12)
www.ehbook.co.kr
lik-it@ehbook.co.kr
www.instagram.com/lik_it